埃德蒙·雅贝斯文集

埃德蒙·雅贝斯文集

界限之书

[法]埃德蒙·雅贝斯_著

刘楠祺_译　叶安宁_校译

GUANGXI NORMAL UNIVERSITY PRESS
广西师范大学出版社
·桂林·

界限之书

JIEXIAN ZHI SHU

LE LIVRE DES LIMITES

Author: Edmond JABÈS © Éditions GALLIMARD 1982 for *Le petit livre de la subversion hors de soupçon*, 1984 for *Le livre du dialogue*, 1985 for *Le parcours* and 1987 for *Le livre du partage*.

Translated by LIU Nanqi

著作权合同登记号桂图登字：20-2017-212 号

图书在版编目（CIP）数据

界限之书 /（法）埃德蒙·雅贝斯著；刘楠祺译. ——
桂林：广西师范大学出版社，2021.10
（埃德蒙·雅贝斯文集）
ISBN 978-7-5598-4094-3

Ⅰ. ①界… Ⅱ. ①埃…②刘… Ⅲ. ①长篇小说—法
国—现代 Ⅳ. ①I565.45

中国版本图书馆 CIP 数据核字（2021）第 151255 号

广西师范大学出版社出版发行

（广西桂林市五里店路 9 号　邮政编码：541004）

网址：http://www.bbtpress.com

出版人：黄轩庄

全国新华书店经销

湛江南华印务有限公司印刷

（广东省湛江市霞山区绿塘路 61 号　邮政编码：524002）

开本：720 mm × 960 mm　1/16

印张：27.75　　字数：200 千

2021 年 10 月第 1 版　　2021 年 10 月第 1 次印刷

印数：0 001~8 000 册　　定价：76.00 元

作者像

埃德蒙·雅贝斯，1912 年 4 月 16 日生于开罗。

1957 年被迫离开埃及，定居巴黎，后选择加入法国国籍。

1959 年出版诗集《我构筑我的家园》，收录 1943—1957 年间的诗作。

自 1959 年起开始创作《问题之书》：

1963—1973 年出版七卷本《问题之书》。

1976—1980 年出版三卷本《相似之书》。

1982—1987 年出版四卷本《界限之书》。

1989 年出版一卷本《腋下夹着一本袖珍书的异乡人》。

上述十五卷流亡中诞生的作品构成了埃德蒙·雅贝斯著名的"问题之书系列"，该系列作品因其创作风格的独特性而难以定义和归类。

埃德蒙·雅贝斯现已成为众多专家学者研究的对象，其作品已被译成包括英语、德语、西班牙语、瑞典语、希伯来语和意大利语在内的多种文字出版。

埃德蒙·雅贝斯于 1970 年获法国文学批评奖，1982 年获法国犹太文化基金会艺术、文学和科学奖，1987 年获法国国家诗歌大奖，并于 1983 年、1987 年分别获意大利帕索里尼奖和西塔泰拉奖。

埃德蒙·雅贝斯于 1991 年 1 月 2 日在巴黎逝世。

目 录

i

第一卷

未被怀疑之颠覆的小书

颠覆正是书写的动作：死亡的动作。

写就的纸页不是一面镜子。书写意味着直面一张未知的脸。

疯狂似海，不会死于一波单一的浪涛。

空白，如同一个留白的名字。

*

何谓颠覆？

——或许是迷人的玫瑰上最不起眼的刺。

书将自己的韵律强加给灵与肉。

于是乎，自由成了颠覆之野。

无论你做什么，希冀拯救的是你自己。你失去
了自我。

真实洞悉形形色色的颠覆。

他说："如果羁縻我们的是场域，那么我的场域终会成为一道枷锁、一副蒙羞的脚镣。"

对任何场域而言，你能拥有的只有沙漠之外一处仁慈的场域：安息的蜃景。

生命是加法。死亡是减法。

（每一项创造都将其场域视作一个被无限所环
绕的密闭空间。

我早该推倒四周的墙壁，在我作品的自身空间
之外为其提供一个无限的禁入空间。）

做任何事情都有其合适的时间。或强或弱的时间。

任何颠覆都首先要求我们当机立断，全身心投入。

颠覆不会心慈手软。你阻止了它，它便会去寻找下一个目标。

颠覆如黑夜脚下的暗影，只能通向自己。

生，意味着接受此刻的颠覆；死，意味着承受永恒不可逆转的颠覆。

他说："颠覆的节奏。啊！我必须重新找到这个节奏。"

你不曾创世。像造物主一样，你在自己狭小的行动领域里只有当下
的创造。

颠覆是与未来的一纸契约。

他又说："颠覆在其巅峰状态如此自然，如此清白，我几乎要相信它是我们摇摇欲坠的平衡得以恢复的特许时刻之一。"

威胁难辨。

*

若话语发光，沉默便不复晦暗：它重获新生。

平庸并非无害：矢车菊。

　　　　（他说过："平庸之于颠覆并不陌生。它与时间结盟，令颠覆大打折扣，它是平庸化的颠覆。"）

颠覆痛恨无序。其本身公正的秩序与反向的秩序针锋相对。

知识遭遇了无知的广漠祁寒，如阳光倾洒在波平如镜的海面，大海的深邃令阳光哑然失色。

　　　　（行动无殊别。唯有自发。但其中有些意义重大，有些则不过尔尔。

　　　　创造当存。）

我书中的哲人和疯子们，你们让我了解了颠覆，你们的一席之地就在此地。不在他处。我躺在沙漠里，尚未想到要去赴死，所以常把双手伸向虚空。

旱魃王国的颠覆的先知们，我在此与你们会合，你们用格言充实了我的岁月，把无尽的诘问瞄准我的天空，却把我的确信瘗于你们脚下。

他曾在笔记中写道："宇宙是一本书，每天一页。当你读到光明的一页——即苏醒之页和黑暗的一页——即沉睡之页时，就会读到一个黎明的词语和一个遗忘的词语。"

荒漠无书。

笔记

怒气冲冲的大海以其弹跳式的诘问向天空发难。

这是一片疲惫的、深陷于水之钝怠中的大海，你正在此沐浴。

无影之影，
无光之光，
都是遗忘揭示的踪迹，
在此，尽显路的神秘。

造物主即沉默，一言不发的沉默就是造物主。

君主的奴隶和廷臣的奴隶，身份都是奴隶。

进入自身，意味着发现颠覆。

颠覆的问题

（他曾在笔记中写道："对那些威胁之物，我们以其人之道回报之。颠覆从不是单向的。"

这本小书，通过其题目，通过涵盖其中的作品，与十卷本《问题之书》[①]结为一体。它无疑也属于颠覆。

倘若把同一个题目赋予两个不同的文本，并把某种统一的语境随意强加给它们，是否会加剧它们之间的对立呢？

冲突是内在的。

因此，为我们命名的词语迟早是玷污造物主不

---

① "十卷本《问题之书》"，指此前"问题之书系列"已出版的七卷本《问题之书》（*Le Livre des Questions*）和三卷本《相似之书》（*Le Livre des Ressemblances*）。

可妄呼之名的那个词语。

因为任何造物都无法承受那个神圣之名的缺席。

他不是曾有一次写过"造物主因他的名字受人摆布"么？

阴影的抗争加速了光的到来，正如不可辨读奋而向自身开战，从而为我们带来完美的阅读。

我们需要连续性、相似性和交互性，正如我们需要新鲜的面饼。

对人类而言，人既是自身的源头，也是自身的来世。

止息泪水只须莞尔一笑。让微笑永远破碎也只须泪水一滴。

他说："具有颠覆性之物并非初始便势必如此。相反，为了自己能在将要反抗的众生和万物面前有上乘的表现，它往往会无条件地站在众生和万物一边，甚至声称是为他们代言。

"空白就是借此手法把空白推进了致命的白色

深渊当中，转而宣称自己即是空白本身。"

虚无依旧是颠覆下意识的赌注。）

有位哲人说过："我的弟子们品行败坏，他们因总想模仿我而背叛了我；他们自以为与我相似，却使自己声名扫地。"

另一位哲人回应道："我比你有福气，我毕生致力于诘问，所以根本没有弟子。"

他又接着说："我不正是因为这个缘故才被长老会指控参与了颠覆活动么？"

他说过："用一个绳结打不出另一个绳结，而任何一条绳子都可以随意打结。

"所以说，每个绳结都是独一无二的。

"我们与造物主、人类、世界的关系莫不如此。"

思想无所羁：遇而生，寂而死。

"看着我，"他说，"你听好。我就是让水井重新蓄满活水的那个永恒的诘问。"

"你看见和听到的就是它。干渴时，你可以俯身畅饮。"

对每本书而言，那是二十六个字母；对每个字母而言，那却是万卷书。

他哆嗦着把一本满是字迹的本子交给老师：他的书。

"你哆嗦什么？"老师问。

"这些纸页，"他回答说，"如冰层灼烧我的手指。我因此不寒
而栗。"

"告诉我，纸上都写了什么？"老师又问。

"我不知道。"他回答。

"你若不知，谁知？"老师又接着问。

"书知。"

> （盲人守护目光，如哑巴守护话语——二者皆
> 守护着看不见、说不出的东西；
> ……虚无的残障卫士。）

他说："追随之物亦被追随。它永远不会融入往昔，而将融入
未来。"

*

这些书页不仅见证了战胜自己的思想是如何不可能，也见证了战胜
自己是如何不可能。它们述说的是我们面对存在的无能时那种显而易见
的无能。

所有过程都与回忆相连。

真实背后，是某种更为真实的非真实，被记忆据为己有。

思想则背道而驰。它趋前迎接缺席，并在挑明意图的同时为缺席确定了旅程。

思想是撕裂虚空的闪电。遗忘是其刹那的空间。此时，我们为其保留的模糊记忆有如修复思想的工匠，通过一个新的空间热心地怂恿思想与其往昔的和可能的未来抗争，并承担起将思想置于其终极监护之下的责任。

一边是自由，另一边是桎梏。

作为思想的囚徒，造物主会屈从于宇宙么？于是，非思想——那是他难以置信的非持续时间——会独自、秘密地令其不朽，因为永恒同样是明澈的非持续时间，对已感知的时间避让犹恐不及。

造物主对时间是局外人，对持续的时间也是局外人，因为他无所延伸。

（他说："缺席和在场是注定要熔结在一起的两块玻璃么？

"此时，思想便是焊料。"）

"无论在哪儿，"他曾在笔记中写道，"我们都还没有充分强调来自先前某个思想的思想——它并不一定就是该序列中最新的思想——它要么继续依靠那思想的持续影响，要么质疑那思想并我行我素。

"这让我们联想到，思想有其自己的记忆，我们还不清楚它是否会完全依赖于我们的记忆。

　　"哦，我们虽一一陈述出这些繁杂的回忆，却对其错综复杂和终极范围缺乏体验。"

　　没有一段回忆是清白的。

　　遗忘是所有回忆中夭折的回忆，令记忆力备受煎熬。

　　"领先，"他又继续写道，"只有在抢占先机的概念上才有意义。

　　"有时，先于思想产生的思想就是在突破中抢占先机的思想，它强迫后者将自己的地盘拱手相让。

　　"因此我们从没有把握说这两种思想中哪个会率先成为思想。

　　"我们有充分的理由相信，在整个思想史的任何特定的时刻，思想自身同样保留着其凯旋与无能的回忆；对荣耀和屈辱的那一刻的回忆，只是尚未被我们感知罢了。"

　　每种思想都自有其欢乐与创痛。

　　思想只关注思想的反响。

　　他说："你在思考。你在同一时间里想象、反思和梦想。

　　"你刚刚顿悟，思考就又将你送归你的想象、反思和梦想中。

　　"你永远占不了上风。"

他又说道:"你将永远处于下风,不是因为你在思考,而是因为你仍必须思考。"

他曾经写过:"你为认知而思考。你连自己的思想都还没有认知。"

此外他还写过:"白昼与意识相连。无意识是不透光的黑夜。
"你看,造物主的意志何等矛盾。
"一方面,他为在我们心中拓展神性观念——即情感——而求助于意识,另一方面,他又通过禁止偶像崇拜把我们重新抛回无意识当中,他在那儿实施着没有我们的统治。"

虚无是我们永恒的流放场域,场域的流放。

我们听任对造物主、对人类都麻木不仁的石头以其孤忍监控空无。

*

一众形象在无意识中下沉,却不褪色:遗忘的微光。

他说:"无意识的形象有如水下的动植物。潜水者移动的火炬正对它们围追堵截。
"一旦浮出水面,它们便只是一堆杂物,是死去之记忆的一张无解的字母表,且往往是内伤的缘起。"

我们靠重获悲伤的形象而活，这些形象的数量永远不得而知。

最古老的形象毫无争议地属于造物主，但造物主自己也记不得了。

创世第一天的形象。

到死都拒绝给予我们的死亡的形象。

可辨性乃身后事。

对无限的小小限制

　　……哦，字词，凭借多产的死亡，它会成为生命的辐射点！

一

　　对造物主而言，造物主并非他人，只是他自己。

　　无论多远，距离总是可以想象的：距离短，被目光所逮；不易测度，则被想象捕获。

　　他曾经写道："最长的线始于最短的线，其本身不过是那个点难以平息的超越欲望。"

　　他说："无限不会向我们提供一切或虚无的尺度，也不会提供完满或虚空的尺度，它只会提供不完满的尺度。"

他说："线条徒劳地向无限承诺了一个渴望中的终结。"

他说："没准儿造物主需要一道影子来投射对他自己的怀疑呢？
"这道影子或许就是书，书是光的困惑，又是夜的悲苦。"
他又补充道："作为那本书的继承者，我们可支配的全部财富不过是留给我们的些许幽暗和光明。啊！我们所有的词语都不过是影子的作品，是我们奇缺的形象。"

他说："若阴影是对光的质询，也就是对阴影的质询；若光是对阴影的回答，也就是对光的回答。哦，环中之环。"

他在其他地方还说过："阴影并非虚空的匮缺，而是虚空的满盈，群星在那儿闪耀。黑，虚无之黑。"

最黯淡的微光即是对宇宙的猜度。

——何为你的目光？
——是我书的目光。
——何为你的耳朵？
——是我书的耳朵。
——何为你的呼吸？

——是我书的呼吸。

——何为你的希望？

——是我书的希望。

——何为你的机遇？

——是我书的机遇。

——何为你的死亡？

——它正在书的最后一页窥伺着我：我们分享的一切死亡之死亡。

假如造物主是"一"，他就应该成双；唯一只是未经思考的"一"，一旦被思考，便不再是唯一。

脚步从不甘心只迈一步，孤独的一步。

二

（他曾说过："任何书，如果凡事必记，就不是书了。"

有人反驳他说："时间能把一切都记载下来。"

"既如此，书就是这个时间，"他总结道，"一个没有时间的强项，却有着永恒的所有弱项的时间。"）

作品从来都是行百里者半九十。我们总是赍志而殁。未竟之空白，与其必去占领，莫若各安其所。我们必须使自己安心。

接受虚空，接受虚无，接受空白。我们创造的一切都在我们身后。

今天，我再一次置身于这空白当中，无语，无为，不着一词。

有待完成的，历来都是那些号称会被完成的：我们因无能而葬身的荒漠。

我们要告诫自己，终局——即被追寻的极限——是难以实现的。对我们中的大多数人来说，这当然是一种慰藉，而对那些迷惑于未知事物的人则属不幸。

界限在其界限内被僭越：我们的日常生活。

我们始终不识极限。

*

你垂眸书写——却是撑起天空之眼。

只有一片天空，犹如只有一张纸页。

我们的字词令思想的黑夜星光灿烂，在非思想的清晨，它们难以察觉。

造物主之书，无影的书页；人之书，炫目的页面。

我们只能诘问权力。无权本身就是问题。

问题以黑暗构成。答案是转瞬之光。

答案无记忆。能忆及的只有问题。

（他说："完成，很可能只是未完成的宽慰人的
形式：唯一可见的形式。"

他接着说道："……总而言之，未完成正是
一个机会，让人可以意识到未完成是怎样一种
状态。"）

作为颠覆词语和空白之场域的纸页

纸页具有颠覆性，词语以为可以在此立足；词语具有颠覆性，纸页向其开放空白。

雪中跬步足以撼动山岳。

雪不了解沙。但荒漠既在雪中，又在沙里。

冰冷是峰巅的空白。
黑色是词语的太阳。

纸页和字词的结合——白与黑的结合——是两种在其联姻中心缠斗得难解难分之颠覆的结合，却以作家为代价。

表面的和谐往往掩盖着某种内讧。目力所见，只有浮出表面之物。

颠覆在尽人皆知的事物里觅得理想的运作平台。

你在书写。你对自己笔下挑起的所有冲突一无所知，而书却岌岌可危。

真正具有颠覆性的书，或许就是既指责字词颠覆纸页又指责纸页颠覆字词，且在思想备受困扰之后又将二者熔为一炉的书。

就此意义而言，写一本书便意味着支持这些颠覆力量逐步实现各自的接管，这种接管既体现在语言里，亦体现在沉默中。

无论超凡者还是凡庸者，颠覆都是其喜爱的武器。

"我们同造物主的关系，"他说，"是与颠覆的一种间接的关系。"

相对于缄默的词语，任何大声说出的词语都具有颠覆性。有时，颠覆要通过选择、通过某种随机的选择而实现，但这种随机选择或许也是隐晦如故的某种必然。

既然造物主自己便具有颠覆性，他又如何认定人不会如此对待他呢？

造物主以其颠覆之形象造人。

若颠覆不过是被创造物和被书写物之间的一道间隔，该当如何？

若如此，则同样的深渊会把人与人、书和书隔开。

（"无论神或人，"他说，"那个'我'便是一切颠覆的舞台。"

他还说过："生存的艺术便是高深的颠覆艺术！或许，是智慧的开端。"）

时间外，书之梦

你以为梦见了书。实则是书梦见了你。

梦是什么？不就是一本被抹掉文字的书么？这本书在涂抹中写就，而我们则闭目阅读：不就是书的缺失——空白、省略和缺陷——么？

书写意味着把符号的抽象现实以形象赋予梦境。

忘却词语方有梦。

通向我之书的路由十条小道组成。
你还记得么？
很久以前，沙吞没了它们。
所余只有随风而走、日期无定的擦痕；

因为书从未停止过书之外的冒险。

跟随其踪迹，意味着永无终结的漂泊。

他说："堡垒再坚固，也挡不住地面一丝一毫的沉降。"

——没有哪条路不能用手指选定，但什么样的手能理解那根手指？

——肯定没有。随便哪只手都能毁灭那根手指。

既然万物甚至造物主都难免一死，我们还能指望得出什么结论？因为无论思想、目光还是手，它们都只为死亡效力。

他说过："死亡本身并不杀戮。我们时刻都在为它而杀戮。"

他写道："荒漠中，一颗沙粒摩擦另一颗沙粒，点燃了一束生动而隐秘的光，它因远古的缺席而燃烧；哦，对永恒的共同渴望！哦，我愁苦的灵魂中沉默的爱之火花！"

他说："书对书的激情，留下的只有激情的残痕。

"我们的日与夜，不过是这种迷狂情绪的热切与麻木。"

他又说："每部书都是诸多矛盾之渴望易操控的对象，它在书中激发出这些渴望，而书则将这些渴望书写下来。"

*

他说：“开放造物主。此即深渊。”

用他的名字制作一串未指定之名字的念珠。

埃德说了一句从埃莫那儿听来的话，那句话是埃莫从诺德那儿听来的，诺德是从唐那儿听来的，唐是从塞伯那儿听来的，塞伯是从雅西那儿听来的，雅西自己是从贝斯那儿听来的，而贝斯是直接从塞巴亚口中听来的，那句话说的是：“那书不死，众书不生；它以自身之死写就众书；但此类书写注定永无葬身之地。”

他又接着说道：“为有效定义书，我甘愿牺牲掉世上所有的作品，因为正是这一定义的缺位，才导致我们的书至今仍像待解之谜一样强加给我们。”

“合上书吧，”他说，“这样你就能在幽禁中给宇宙的阴影添上一道浓重的阴影了。”

他又说：“作家的绝望，不在于他写不了书，而在于他必须永远追求一部他并未在写的书。

“这样的痛苦我只会说一次。现在，请让你兄弟般的话语来接我之话语的班吧。”

*

他曾在笔记中写道:"造物主被书拯救,也被书毁灭。字词便在此种荣耀和苦难中教诲我们。"

"造物主需要他自身之话语的提醒,而那话语则需要那本书的担保。"

"造物主提供阅读的东西。他自己并不读。"

"写书,或许就在于通过书中的每个词语,将已被解读的瞬间归还永恒。"

"你在书写时构成的并非只是一个字词,而是你生命中的一个瞬间。"

　　　　　(他说:"我们言说,是为了打破孤独;我们书
　　　写,则为了延长孤独。")

论作为书写之空间的孤独

"黎明只是书的一场壮观的火刑，"他说，"是至高无上的知识被废黜的壮观场景。

"所以说，贞女即是清晨。"

书写的行为是孤独的行为。

书写是这种孤独的表达么？

是否存在无孤独的书写或无书写的孤独？

孤独是否会程度不一——不同平面，不同层次——有如暗与光的渐变？

此种情形下，我们能断言说某些孤独被献给了黑夜，而其他孤独被献给了白昼？

总之，孤独是否会有不同的形式：圆而灿烂的孤独——太阳的孤独——或扁而忧郁的孤独——墓碑的孤独？节庆里的孤独或葬礼上的孤独？

孤独若不终止存在就无从言说。孤独须在远方书写，受远方将要阅读它的目光呵护。

如此说来，言说之于文本，正如口头话语之于书面话语：前者承担了孤独的终结，后者则迎来孤独冒险的前奏。

高谈阔论者从不孤独。

书写者通过字词与孤独相会。

沙漠深处，谁敢运用话语？荒漠只回应呼号那早已被沉默紧紧缠裹的终极之物，而符号将在那沉默中诞生，因为我们总是在存在那模糊的边界上书写。

意识到这一界限，意味着我们同时再次认知了书写的起点，此即我等之孤独的不规则的分界线。

于是，孤独和书写便双双具备了蜿蜒起伏的边界，我们的手中之笔便在此边界上逡巡；那边界也因了我们并拜我们之赐而遐迩闻名。

对每本书而言，边界都是其孤巢秘穴。

七重天宣告天穹。虚空自有其层级。作为天与地的虚空、人的虚空，孤独同样如此，它在人体内萌动，在人体内呼吸。

孤独与所有源头相连，拥有打破时间、畅通原初一统的非凡权力；从某种意义上讲，它把不确定的"多"转变为不可计数的"一"。

在此条件下，尝试书写，意味着首先以折返的方式，在已书写的文字边缘回溯思想走过的路程；意味着引领思想返回思考的初衷；意味着引领已书写的文字返回包含着它们的字词当中；简言之，就是走出自身的孤独，在依然不知书之开端的情况下与最初的书之孤独相结合，而且，书将把自己的名字赋予孤独；因为书正是建立在一部已为我们弃置的书的废墟之上，建立在其瓦砾的可怕的孤独之上。

作家离不开书。他和书兴衰与共。最初，书写无非是从坍塌的书中捡起块块石头，再用它们建造起一座新的大厦——当然是同样的作品——作家是这座大厦不倦的工头，集设计师和泥瓦匠于一身；可他不太关注工程的进度而更在意决定工程竣工的那个内在的、自然的规律；他所关注的重中之重，是对这种双重孤独——字词的孤独与书的孤独——的书写，以使其逐渐变得可读。

词语和家园只有在这张为难以言说而保留的矩形纸页上才会如此紧密地绑在一起，同时——哦，悖论——二者之间又如此遥不可及；因为孤独不得拥有任何同盟、任何联盟或任何组织；不得抱有任何共同解放的期待。

它孤独地拔地而起。当它倾力打造的工程轰然成尘、书在其词语的无限断裂中灰飞烟灭之际，它在书写的共谋下孤独地组织起阅读，阅读那些在辉煌的时代或在最广延、最深切之伤痛的时代引以为傲的墙垣。

此即作家所服膺的孤独，有时，他对孤独的允诺太多，却又难于持守，不能从承诺中脱身。

可他图什么呢？难道孤独不是人义无反顾的选择么？如此说来，那些他从未打造过的锁链又是怎么回事？难道真有某种违背其意志而他只能逆来顺受的孤独么？

作家无法摆脱的此种孤独之苛求，恰好是为之命名的那个词语强加于作家身上的；那是自孤独深处而来的孤独，好似一种更为孤独、深埋于孤独中的孤独，在那儿，词语模仿着自身被囚禁的形象，犹如母腹中的胎儿。

此后，一切都将按程序有条不紊地推进；因为书的计划首先是字词的大胆计划。若不能间接参与这个字词的大胆计划，我们就无法写书，或许这只是我们对书的直觉，而书只有凭直觉才能书写。

故而那是某个词语的孤独，是词语前的词语、黑夜前的黑夜的孤独，在那儿，字词如同一颗被遮掩的星，从此只为孤独闪烁。

但有人会反驳说，如何才能从书走向词语？我的回答是：如同白昼走向太阳。难道书不是一个词语么？我们始终在回归"书"这个词语。书的空间就是命名书的那个词语的内在空间。所以，写一本书，就意味着占据这个隐秘的空间，意味着在这个词语中书写。

像晨星聚拢起世上所有的光，该词语虽然也同样聚拢起语言中的所有词语，但它依然只能是孤独的场域；该场域中，孤独直面空无；除了选择虚无，它不再有任何意谓。

他说："你无法阅读你的生活，但可以活在你的阅读中。"

*

"你的书有多少页？"

"整整九十六个孤独的页面 [①]，"他曾回答说，"一个页面连着另一个页面。首个页面位于上层；最后一个页面位于底层。这就是书写的进程。"

他又接着说道："最让我好奇的不是如何一页页走下全书的台阶，而是想知道我是如何从一开始便位于第一级即最高的位置上的。"

[①] 本卷 1983 年初版时总页数为九十六页。

水底，群星散落。

*

书写是孤独的赌注，是焦虑的潮汐。书写也是反映在其新源头中的现实的折射，我们在模糊的欲望和疑虑深处塑造出它的形象。

前家园

他说过："家园门前，诘问门槛。石头早于此获得平衡。"

万物期待造物主。

因此，创世先于造物主。

……因此，造物主先于造物主之观念中的造物主出现。

万物期待虚无，而虚无先于期待。

造物主在，因为他已回答了这个问题："你在么？"

他说："如果造物主的存在晚于人的存在，那就没有什么可以妨碍我们这样去思索：空无本应有一个比世界的声音更为古老的声音，而荒漠在其与虚空的关系中，本应是一句黎明之前撼动黑暗的话语。

"大海窒息的声音。黄沙淹没的声音。"

问题即创造。答案即扼杀。

造物主死于他不成熟的答复，而人屈从于这一答复。

造物主在死亡最远点言说。我们向来都谛听这一沉默。

书是我们的前终结么？

既如此，我们只为死亡而书写；书写一旦抵达再无书写之地，就将把我们抛给空无。

他说："我们的书和那本书之间的差别或许是这样的：前者须穿越生命以抵达造物主，而后者唯有穿越死亡才能抵达我们。"

一是"一"的替身。

禁用保护了替身。

书上之书！那本书以其透明度掩盖禁书。

人并非从神圣走向世俗，而是从世俗走向神圣。

犹如从充斥词语的沉默走向已回归其原初缺席的沉默。

*

辅音专一地守护着那难以辨读的圣名：与世隔绝的家园。

元音是清晨悠扬的歌。

他又说："我们的灵魂乃元音之巢。一只鸟儿正站在世界无尽之阅读的开端。"

前家园也许是一个潜在的字词。

    （他说："字词从不是家园，但依旧有自己的地基与通道。"

    话语是孤悬的峡地，令海风迷醉。哦，尚未餍足的渴望！哦，百折不挠的旅程！）

禁令捍卫天际。

禁止表达

"为什么你的书只是一系列碎片?"有人问他。

"因为禁令并不处罚破碎的书。"他回答。

可他最近不是还在日记中写了这样一段话么:

"我写了一本书,把我用词语塑造的造物主的形象完整无缺地归还给他。

"在这样的条件下写作,会不会因神的愤怒而死?

"……因所有形象中被禁止的那个形象而死?"

"我们无法阅读被抹掉的东西,"他说,"但可以想象对彻底抹除之物的某种阅读。

"对死亡的阅读。"

他又说:"我们向来只读从词语的整体阅读中缺失的东西。

"因此,我们每次都被引导着以不同的方式阅读。"

谁能推动对禁令的阅读？任何对书的阅读都意在破除这条禁令。

只有先前那个把字词从沉默带往沉默的人可以做到。

如此说来，他可以从将缺席与其自身分隔的那个无限的距离开始这场冒险的阅读，直至无奈放弃为止。

他曾经写道："你揭示了不该揭示的东西。其实不过是让大家瞥了一眼预定目标背后那个掩饰的东西而已。

"而这个背后的东西很可能就是另一个目标。

"恶意的禁止。"

他又写道："造物主肚子里满是刁钻促狭的玩意儿；我们之所以看不见他的脸，是因为在我们详审所有面孔时，只有他的脸既无法显现也无法预期，这就使得任何一张脸在其获得独立后都可以随意骗人；也就是说，在它受到赞美的那个瞬间，它既可以是自己的脸，也可以是一副未知面孔偶然的、转瞬即逝的投射。"

造物主以一个更花哨的谎言来逃避另一个谎言，而这个迅疾排斥其他谎言的谎言最终会将其自身作为唯一的真理强加给信众。

*

如果这个神的禁令打击的首先是真理，该当如何？

造物主的真实形象会屈服于某种持续的压力，这种压力来自形象的某种绝对的缺席，其首要目标就是要发掘出真实的形象并毁灭它。

那目标因其形象的缺席而高兴，一如造物主因人的缺席而高兴，造物因造物主的缺席而高兴。切中要害地说，无论哪一种缺席，都只是一种已重新认领的缺席之缺席，呈现于脸上的这种缺席具有非永恒的性质，它本身只是第一张脸和最后一张脸所渴望的——或受到奖励的——放弃。

一切以造物主为主角、以人为配角的故事，其戏剧性的结局便是真实。

如果这个神的禁令打击的是造物主的观念，又当如何？

那将是双重的和同一的祭献。本源的叙述会在将其吞没的大海表面、在其消失的标识处获得破解。

我们只能阅读导致海难之话语留在身后的涟漪，水渐渐平静，复归如初。

于是就只剩下殷勤的海浪去守护禁令了。

*

他说："存在于言说内部的禁令不像存在于果子内部的果核，而更像被它点燃的、存在于黑夜内部的太阳。"

禁令以所有缺乏支撑的思想制作出所向披靡的非思想。

——如果说禁止光进入黑暗是因为危险，那么我在头顶感受到的这道无法定义的光是什么？

　　——或许是一把刀，其锋芒在夜间闪烁微光，造物主用它来分隔昼夜，犹如将水果一切两半。

*

　　所有作品均为良田，由死亡应时收割。

　　此即为何时间之镰是禁令最好的武器。

　　他曾经写道："耕耘有时，收割有时：同一个时间。"

*

　　"真正的书仅仅就是书么？按照埃利泽拉比的说法，它们不也像哲人们所言，是灰烬下休眠的火炭么？"

——埃马纽埃尔·列维纳斯

　　他说："你知道荒漠中的颗颗沙粒为何有时会呈现出淡灰色么？那并非因为夜色降临，而是灰烬的面纱遮盖住了我们的那些无望之书。"

如果你想让自己的话语成为造物主的话语，就务必让你的短暂之书成为永恒之书。

但是，我们若相信梅塞雷茨的多夫·贝尔[①]所写的"祝福圣者，愿他留驻于每个字母"一语，那你的书未曾落笔便已然是永恒之书了。

一部书正是通过其神圣的部分才超越了时间而继续存在。这神圣的部分就像永恒保留的某段时间的预言一样存在于我们身上，除此之外，我们还能推论出什么呢？

为了能让人听到他的话语，造物主把沉默强加给人的话语，却忘了他自己也要通过这些话语才能对我们言说，所以从那天起，造物主的话语便沉默了。

造物主之话语的沉默无非是我们被碾碎的常用话语的无限沉默。

我们无望抵达造物主的沉默，除非使其化作我们自己的沉默。认知造物主的话语，其实就是接受我们自己的沉默。

言说这一沉默即意味着言说神圣，但也意味着神圣即刻废止。

并非只有一部神圣之书，而有许多向那本书之沉默敞开的书。

基于这一沉默开始的书写意味着将那部永恒的"书"写进我们历经脱胎换骨之变化的凡人之书。

[①] 梅塞雷茨的多夫·贝尔（Dov Bær de Mezeitz, 1704—1772），18 世纪犹太教正统派的支派之一——哈西德派（le hassidisme）的大师，哈西德运动（le mouvement hassidique）的重要领导人。

＊

（"你不得依那本书的形象写书，因为我就是那本唯一的书。

"同样，你不得将恐慌、破碎的词语转化成荣耀的词语；

"因为你只能写出你之为你，而我愿你化作尘埃。"

造物主或许就是如此表达自己的，但他不是往往都用暗示来表达么？

他曾写过这样一段笔记："别相信那些言之凿凿的事，因为言之凿凿无非是黑暗的斜坡中比较讨人喜欢的一面，而造物主的**话语**与斜坡的任何一面都保持距离。"

会有为黑暗而存在的太阳么？它不会是一颗星，而是一个闪烁的秘密。）

＊

——何为神圣之书？是什么赋予其神性？

——神圣取决于我们么?

——知识之书是否神圣之书? 不，因为知识属于人类。

——我们说:"此书中有造物主的*话语*。所以这是一部神圣之书。"这句话难道不是我们在试图揭示自身时发明的么?

造物主的*话语*会不会是在我们每句话语中打破其沉默的那个沉默的*话语*?

——所以，不会有神圣之书，也不会有世俗之书，但总会有书。

但那是什么书? 是造物主的绝对之书，还是未完成的凡人之书?

——书同时具有呈现，即呈现与被呈现，和再现——即复制和寻求固化——的功能。

但造物主不是禁止一切对他自身的再现么?

*

如果对再现的神圣禁令也作为无法抗拒的律法及其诅咒的一部分出现在书写中，该当如何?

如果神圣如造物主之*话语*者也不过是我们之话语的沉默，又当如何?

如果世俗如放任之话语者也不过是对神之沉默的挑战，再当如何?

若如此，形象之于话语，正如形象的缺席之于沉默。

世俗与神圣会发现它们已卷入一场无法避免的对决。

在造物主永恒的注视之下，书写可能意味着唯有兢兢业业地复制造物主之**话语**；但当我们复制该**话语**的时候，我们是否已无意间将形象引入了文本？

*

"真正的书仅仅就是书么？按照埃利泽拉比的说法，它们不也像哲人们所言，是灰烬下休眠的火炭么？"

在此，我们必须明确这里所说的是什么书。何谓真正的书？难道还有伪书不成？

真正的书——如果它们是书——也属于"灰烬下休眠的火炭"。这是否也意味着它在消耗火炭的同时，自己也将被耗尽，直至成为这种消耗力量本身？就像它在消耗其他书时不是将其征服，而是将一种更新过的、经久不衰的活力赋予其他的书？

若如此，真正的书是否属于那些因其他书之死而不断死去的书？

但，或许，灰烬下休眠的红火炭只是哲人的话语，比书更长存？

若如此，真正的书只能不再作为书存在而只能成为祭献之书的话语，成为悼念某一部书的祭祀的话语。

……悼念某一部书，说到底，无非是悼念某个场域。但该场域也是造物主，是冠以其不可枚举之名中的一个。

这无场域的话语有什么未来？

换言之，若其经典话语未被场域占为己有，神圣能有未来么？

若神圣除场域深渊般的缺席之外再无场域，那么，何为神圣之书？它只能适应该话语，甚至不得不成为该话语，既不受时间限制，又被拴在某种徒劳地想要摧毁它，却使自己消耗殆尽的时间之内，这一行为把听得到、读得出的话语形态强加给了它。

于是，一方面会有一个神圣、自由和至尊的话语，另一方面又会有一个人类竭力为之划界的不确定的空间，那空间或许就是书：即世俗之书，它虽然属于我们的字词支流，但因其与神圣之话语关系密切而被提升至该话语的高度。

于是，书成了人类最为勇武的事业，其目标是为独特、普世的话语提供一个场域——神圣是不可分割的——并允许在其四周聚集起来的字词于死亡中自我超越。

根据这样的假设，书先于话语，而话语作为最初之沉默的话语，又先于揭示它的书。沉默之话语会在任何话语的中心保持这种沉默，同时它又是在沉默的心底得以接近、得以截取的话语，在向源头的神秘回归中，这一沉默的话语化作了书的童贞。

于是，会有两本合二为一的书：书中之书——神圣、质朴、不可捉摸的书——和迎合我们好奇心的书，它虽是世俗之作，但在某些地方，对藏匿其身的那本书的在场，它是透明的：蓦然间，一个澄澈、灵感的字词跃然而出，那瞬间如此空灵，如此耀眼，如此渴望持久存在，转瞬间把我们抛进一个隐约、空白、赤裸的永恒中心；神圣语言的永恒，芸芸众生感知的正是那语言绝望的回声。

犹太人，一个服从雅赫维统领的"祭司的民族"，只有在那唯一的话语中认知自己：神圣、圣洁的话语。世俗的话语无权建立城邦。

在希伯来语中，神圣和圣洁是同一个词，但我们真的能说神圣即圣洁或圣洁即神圣么？

的确，它们是同一个词；但就像一颗剥开的坚果，比如说，壳的左边是神圣，右边是圣洁，但只有果实才有原汁原味的沉默。

因此，神圣与其谓之圣洁，毋宁说是承载了一切沉默的内在之沉默的神圣化，而圣洁与其谓之神圣，不如说是圣洁天成。

有没有可能是造物主将世俗的话语置于人之口，而人将神圣的话语置于造物主之口呢？

回答尖锐而明确，神圣是缄默的。它位于问题之前和之后。

书写；甚至在肯定的情况下也具有诘问性——并且它始终在提问——是我们的弱点，所以它属于世俗范畴。

既然为瞬间所缚的言说意味着话既说出口即废止了说出口的话，那么，被视为神圣之书写的绝对书写只能是言说的沉默。

时间外的书写虽然始终在外，但其超越的词语是可读的：一种超越界限的书写甚至是光怪陆离的书写，它以缺席的无限重量让我们的书写不堪重负，并且每次都让书写在对某种无限的依赖中直面自身的界限，因而书写不过是此种无限的乏力表述。

……于是书写在其对沉默的依赖中会徒然挣扎，刺穿沉默，这么做不是为了减少对沉默的依赖，而是为了生存下来。

书走向绝对而沉默的书的进程——不变的话语唯有沉默——是从人格化的话语走向非人格化的话语之路，正如绝对的书走向书的进程是从星星之火的话语走向星火燎原的话语的进程。

但谁能勾勒出边界呢？

太初，一切便即存在，而一切即是神圣的语言，神圣的语言即是无限的沉默，它不受任何噪声、任何声响、任何气流的干扰。

一旦由人构想，一切便沉沦于虚无，虚无就是那个字词，那个字词就是书，书就是祸害。

我们能认知这种祸害的程度么？

书写的行为无视一切距离。将倏忽即逝的事物——即世俗的事物，提升为恒久的事物——即提升为神圣的事物，这不正是每位作家的抱负么？

因此，从书写一部作品到书写另一部作品，只能是字词渴望穷尽言说——即穷尽瞬间——并努力向不可言说者寻求庇护，不可言说并非无法言说，正相反，它是如此细腻、如此透彻地被说出的东西，以至于除了这种不可言说的细腻和透彻外再也说不出任何东西。

于是，世俗和神圣只能是同一个承诺的前奏与终曲：对作家而言，该承诺意味着在他的书写中生存，直至沉默的门槛，在那儿，书写将弃他而去；一个出人意表的世界从不可承受的沉默中浮现，如今轮到了它在呈现沉默的字词中自我迷失。

如果我们承认大体上是世俗在烦扰、煽动且在狂热挑衅，我们可能会推论说：神圣以其倨傲执拗的行为，一方面使我们固化并经历某种灵魂的死亡；另一方面又成了语言令人失望的结果，成了最终的僵化的字词。

同理，我们正因为同世俗的关系且经由世俗才能体验到神圣，不是为了体验神圣，而是为了体验世俗对超越之激情的神圣化；不是为了体验对瞬间来说是陌生的永恒，而是为了体验无限延展的分分秒秒；

因为时间的营生就是死亡。

准确地讲，不正是因为词语在占有言说方面的无能，永恒才意识到它与语言之间势同水火么？

对无形的造物主，必须有一个不可妄呼的名字。

所以，书写——被书写——意味着在无意识中，从可见之物——形象、脸以及某个持续的临近时刻的再现——跨越到不可见之物，再跨越到客体的坚忍反抗的非再现；从聆听空间的不衰竭的可闻之物，跨越到我们那些驯顺的词语沉溺其中的沉默；从至尊的思想到非思想的至尊，词语的悔恨和极端的苦痛。

神圣依旧是未被觉察的、隐匿的、受保护的和不可抹除的；于是书写变成了一种呈现字词的自杀性尝试甚至是为了最终将其抹除的行为，在那样的抹除中，字词早已不再是一个字词，而仅仅是一种致命且普遍的分离的踪迹——即创伤——造物主与人的分离，人与创世的分离。

神性中的消极性，在面对一意孤行的字词无法预料的铤而走险中，表现为不可约略的沉默。

过分的恣肆先于世俗到来，它把一切界限不断推回原位。

神圣。奥秘。

神圣与生死的永恒奥秘同为一物么？

后白昼，后黑夜，昼与夜始终与之相对。

它们是黎明的承诺和黄昏临近的确信。在此，生与死、世俗与神圣相互触碰，相互交织，犹如天与地在信念中构成了同一的宇宙。

原始的禁令赋予非再现以神圣的特征。造物主的语言是不在场的语言。无限无法容忍任何障碍，任何高墙。

我们为反抗这一禁令而书写，但是，唉，那不是要和禁令发生更剧烈的碰撞么？言说无非是想质疑一下不可言说罢了，而思想也不过是想否认一下非思想罢了。

在书中，遭禁的脸给人的话语以致命一击，因为人的话语披上了神圣话语的伪装。

因此，神圣之书必须通过造物主对人之书的拒绝方能阅读，这是造成人之书毁灭的拒绝。这一阶段，跟随绝对之书的书写或在其阴影下的书写，都意味着接受此类拒绝。

造物主之书仍为难以破译的神圣之书，密码就是在被判有罪的真理之灰烬中跃动的红光，我们有义务终生赡养它。

近看，书写就是使用秘密词语重新编排的一本注定在纸页边缘消解的书，这本暂时无法解读的书恰好可借这一缺失让我们自己的作品得以被无限阅读。

每一片土地的内心都有一小方天空，墨水闪出的光有时会比拂晓的万丈霞光更其炽热。

造物主用自己的形象创造了人，而后又通过抹掉自己而抹掉了这一形象。

人既然不识造物主的脸，当然更不会认知自己。他只识失去的苦痛。他知道，被认作其脸的那个东西，其实不过是对一张缺席的脸的渴念而已。

造物主的形象难道不会成为无限抹除的形象么？若真是这样，人的形象也将如此，且其相似性就是某个缺席之形象之于某些形象之缺席的那种相似；总之，那是一种虚无与虚无之间的相似。

因此对造物而言，以其生存的顽强意志不顾一切地试图拥有一张脸，就意味着务必发明出这张脸。

但一切创造都受瞬时的限制，而被剥夺了未来的时间本身也是一种抹除。

那么，我们要展示的是一张什么样的脸呢？难道它仅仅是我们所谓的与生俱来的形象之形象么？

在它身后出现的无疑才是真正的脸：那张脸从其抹除中出现，并在其新特征中被永久抹除——沙的脸，沙塑的脸。

我们只能从虚无开始诘问它。

在一张迷茫的脸上，书总是合着的。

《相似之书》复归于沙的三篇封底文字 [1]

沙的生与死和日夜的生与死如出一辙，都摆脱了时间的羁绊，荒漠既是摇篮亦为灵床。

沙以相似而生，因斑驳之虚空而死。

一颗沙粒与另一颗沙粒之间的相似，或许如破裂的镜子，其碎片与数千年前的镜子碎片一般无二。

以舍弃为代价，相似性才会存在。

---

[1] 《相似之书》(*Le Livre des Ressemblances*) 是雅贝斯"问题之书系列"的第二部，共三卷。"三篇封底文字"即指这部作品在 1976、1978 和 1980 年分卷出版时的封底文字。

*

《相似之书》

我们会不会因为一本书与另一本失落的书相似而阅读它呢？每本书都是一部相似之书么？相似是书揭去面具的场域么？我们仅仅是那个比我们自己困惑一千倍的相似物么？

一部有待阅读的书。它"相似于某部其自身并不是书的书，而是一个尝试的形象"。

我们将在此遇到"一些人物，他们相似于我们已知的人物，但只是一些虚构的角色"。

一部新的《问题之书》[①]问世了。与《问题之书》相比，它既呈现出任意的相似，又表现出专断的对立。它的问世，使我们得以触及迄今为止仍藏身于飘忽不定的表象之下的某种现实，现在轮到它以其承担的全部责任重启一轮立场坚定的提问了。

(1976 年)

---

① 《问题之书》（*Le Livre des Questions*）是雅贝斯"问题之书系列"的第一部，共七卷。

*

《暗示·荒漠》

存在的困境取决于名字么？这种困境是否只能由我们无法承载的那个名字做出解释呢？

从第一部《问题之书》——然后是《相似之书》——开始，我就在逐卷追问那个名字，其实，这一不懈的追问不正是借承载并抛弃我们的字词而把我们自己卷入了问题当中么？

我们赤诚效忠的行为是否源自我们确信自己无所归属呢？——哦，真是讽刺！——这一体认令人如此难以接受，我们只好姑息自己对其视而不见，这样我们至少尚不会陨灭。

但是，书或许只是通往天际的一程，在那儿，一切都变得简单：因为只有死亡是简单的。

在被每个词语激怒的暗示的中心，在将我们抛下的荒漠的门槛，那被荒漠命名之物所命名的书只能是那个名字无尽的敞开与闭合。

（1978 年）

《不可磨灭 · 不能察觉》

天下的书极有可能都容纳在最后之书中并各取所需。先于所有书的书。不具相似性的书，而其他书试图与之相似。任何摹本都无法企及的隐秘范式。神话之书。独步天下。

本书杀青后，作家一方面沉浸在终于有机会充分表达自己的巨大喜悦当中，另一方面又有一种言说已到尽头的惊惧，而事实上，此书的完成意味着他的话语又最终被悉数还给了他。可是，他还要这些话语做什么呢？

我是否抵达了我之疑虑、我之恐惧、我之希望和我之焦虑的尽头呢？

在我永久将书闭合之际，我是否抵达了我自身的尽头呢？

今天，我会获得宇宙的何种图景呢？肯定不会有什么出人意表的东西，要么——谁知道呢？——或许是书推荐给我的图景：一轮红日的图景，它不再温暖大地，反而引燃了天空。

我们这才感到，我们的孤独何其深重。

（1980 年）

＊

　（他曾经写道："语言的边界即是我们自身的界限。

　　"这边，是人的思想；那边，是不是造物主那不可察觉的思想呢？"

　　他又写道："非常时刻，我们可以理解造物主的种种行为，但绝对理解不了支配这些行为的那个令人困惑的思想。"）

论经由词语成为存在之创造与毁灭的思想

失去一个夜晚，是为了收获一种思想。

他说："思想收回了遮掩宇宙的厚重面纱，殊不知它只是换上了另外一块，这一块如此之薄，我们几乎揣摩不到它的存在。

"我们只能通过这块透明的面纱观察世界。"

他又接着说道："可这块面纱若就是语言，该当如何？"

我思。我是我之思么？

为思考我之思，我自己必须是思想。

——思想只对思想言说，如同词语只对词语言说。

若我是我之思，我便是那帆索，便是既承载又放逐我之思的那虚无的运动：我们在那虚无之上建设，又在其内部陷落。

我是我之思的虚无么？若如此，思便不"在"，但允诺思想开拓其径。

我既不在，又如何允诺？再者，那些路径若非我之径，又为何物？

尚待知晓的是，若我思故我在，或者说，若我之思假我之名而思故我在，那么我不过是我之思降临前的热狂；不过是我之思为慰藉我之躯而托付的一瞥，并以其回响建造了这个被肢解的场域。

我用我的词语支撑着你，同样的词语维系着你我。

造物主自称"我"。在他之后，人焉能言说自我时再说"我"？
——或许因为"我"只是由一个或另一个相互填补的虚空。只是由一个靠另一个填补的虚空。

纯粹的沉默！不是来自所知、所闻和重复的沉默，而是来自已经忘却的沉默。

若非思想即是空白，我们怎能不去推断兴许正有某个思想正在彼岸羞怯地准备降生呢？

思想经已思——激情的往昔和未思——未定的未来，交织而成：或平庸或品牌的绳结。

未来同样拥有其新的一天。

他写道："非思想每天都被超越，如果可能的话，是它强化了我的信念——思想无停滞。

"于是，非思想如同出现在生命之前或之后的死亡一样，成为思想无法验证的维度，而该维度始终被失败所验证。"

他又接着写道："有人说我们无法超越不可思者，恰恰是因为它剥夺了我们全部的思想，对此我会回答说，对有志于超越的思想者而言，非思想存在于破绽百出的虚空，其形象被一条割断的绳结所揭示，并将被新的绳结所取代。"

他总结道："向永恒祭献的一连串苦难之结构成了思想的生命。"

他不是还写过么："已思考和待思考是被非思想绞在一起的同一条绳索。我们在记录其强度的某个缺席之思想的四周系了绳结。"

面对一枝玫瑰，无解的是我们的行为。

我们惑于其美，一边赞不绝口，一边以行动夺走了它的生命。

书写，便是将这种行为施于我们自身。

在我们身上死去的，只能随我们一同死去。

书只能是这一类死亡的每日讣告。

论经由思想成为存在之创造与毁灭的关键性词语

他说："我们很快就会把强迫性词语和关键性词语混为一谈了。

"关键性词语未必就是强迫性词语。相反，它往往是一个不能察觉、出乎意料的词语。

"为打开一扇门，就须在锁孔里插进钥匙。接下来，拿钥匙的人会做什么？——又把钥匙放回口袋。

"我们不会要求他让我们看看钥匙。我们不会对钥匙柄、钥匙杆、钥匙齿感兴趣。

"一把钥匙开一把锁，随后它便从视线中消失了。

"我们不会迷恋一把钥匙，但它一旦丢失，我们会六神无主。

"一篇文字中，关键性词语扮演着同样的角色。它是向文本打开文本的词语，因此也是向我们打开的词语。

"它不是开始的那个词语，但世间万物都从这个词语开始。它可能在文头，也可能在文尾或在文中，可能在最初的几个词语之后，也可能在最后的几个词语之前。

"我们不可能一下子就找到这个词语，因为它通常暗中运行，但其运势清晰可辨。

"想确定它实属徒劳。文本中的所有词语各就各位之后，都宣称自己就是那个词语，但词语们的这番告白太过轻柔，没人听得到它们在说什么：神奇的密码，书仵立其后。"

他还说："如果关键性词语不是一个词语，而是所有词语共用的一把钥匙，该当如何？——那就意味着除非我们同那个词语合谋，否则就无法进入书中，因为只有它掌握着我们想要进入的那个房门的钥匙：即那个境遇的关键词。

"所以说，写作只能促进词语间钥匙的交换。我称其为与文本的本能联系。"

"蔚蓝一词，"他曾在笔记中写道，"显然让我们联想到了天空一词，但它却未做揭示。虚空一词反而起到了揭示的作用。

"若我写道，变暗之前，我灵魂中的虚空已呈蔚蓝，仅此一句，我便可覆盖整个天空。"

他还在笔记中写道："与其说作家手握打开文本的钥匙，不如说文本在阅读中得以开启——这是词语没有能力囚禁的那个东西。

"钥匙无疑便是这一缺失，它由某些自身背负着远古之缺席的字词在书中流露：无限缺失中的缺失。

"此即允许我们目睹而我们却无法看到的那个东西。"

一切沉默都集合于这最初也是最后之沉默的四个字母：造物主 [①]。
"四"，便是那个无限的数。

造物主的钥匙链掩埋在文本中。这个赋予字词的神圣礼物即是字词内心疯狂之抱负的源头。

一切思想都有赖于钥匙的突发奇想。

人或词语都无法禁锢一个词语的空间：想象的空间。

想象有其界限：极端的真实。

想象意味着创造更多。"更多"则难以量化。

想象或许只是某种抛开了其自身重负的思想，只是宇宙突现之边缘上的某个有眼界的词语的胆量。

微末的卵石也蕴润着无限。

---

① 法语中，"造物主"一词由四个字母"DIEU"组成。

作为源头的缺席或终极问题的耐心

第一个问题是由最后一个问题提出的。

大理石的耐心。树是其持久的关怀。

他曾经写道："我已为你搜集了三十二颗相似的卵石。

"其中十六颗涉及生命问题，另外十六颗关乎死亡问题。

"把它们掺合起来吧，这些徒有虚名的问题中的任何一个都只能由同样徒有虚名的另一个问题回应。"

他又接着写道："一个问题，一块石头；千万座坟墓，我长眠其中。"

学会耐心，尽管如此也不要抛弃不耐心。

以世俗的耐心抗衡对问题的不耐心。

成为所有问题的目标——引发问题的目标。

接纳目标的持久力。

以刺激问题的不耐心来增加问题，同时以培养耐心的方式让问题得以持久。

对答案穷追不舍。反过来对自己也一追到底。

成为伤人者和受伤者。

真理唯有在死亡中能以其熊熊烈焰焕发光芒。

结局决定一切。

他说："结局是我纸页左边的若干孔洞之一，它迟早会让我把纸页整齐撕开，毫发无损地付之于风：我最后的馈赠。"

他又说："永恒错落于深渊中：我们日常生活的常态。"

我们以为自己活着，我们以为在书写自己的生活：其实只是在打孔。

日常生活是流动之水，持续的时间为之过滤。

已发生的事可以预见。没人想避免。

黑夜毫不气馁地瞩望太阳。

只有我们密切接触的东西才使我们全神贯注。我们独自做好对垒的准备。

他说："冷漠是我们啜饮的毒液，如夏日冷饮。"

恐怖君临天下。痛苦敛裹自身。

一众凶手的团伙，即便理由充足，其首领也未必总是我们怀疑的那人。

他曾经写道："我们不审判受害者而审判凶手。因为受害者已被审判：被凶手审判。

"你们有多少人赞同这一点？有多少人否认这一点？"

*

他说："孩子的脸未经语言雕琢，是超越时间的脸。

"脸的时间就是皱纹的时间。"

他又说："第一张脸是对它所预示的所有的脸的一声轻柔的呼唤，最后一张脸则是我们所有枯萎的脸的总和。"

特征与其说是认清一张脸，莫如说是对脸的征服。

与死亡的某种结盟。

任何涉及死亡的思想都关乎脸的毁灭。空无之外我们无法思考特征。

造物主在造物主自身消耗人。
虚无的残酷。

唯有将一切思想化为乌有才能思考虚无。

任何缺席，时间已先期将其看作是自己理所当然的再创造，看作是自己合法的休憩，看作是自己的第七日。

真实，由时间刻出标识，于是短暂地融入了某种非真实的永恒，正是这种非真实的永恒想象出了真实，而真实又反过来神鬼不知地赋予这种非真实的永恒以存在。

而缺席恰恰属于这个与时间隔绝的时间。

缺席之于在场，好比一切之于虚无：同一种麻木。
……又好比梦到的一个梦之于白日梦。

*

"我有的是时间，"他曾经在笔记中写道，"我本该成为我自己的梦。"

他说"我居无定所"时，犹如别人在说"我无家无业"，其实他明白每句话语都在为他创造场域。

很多瞬间在某个瞬间出生又随即死去。从来不曾有人知其原委。

苟活中，我的不幸是较小的：烧焦的稻草。

每日最核心的问题，是成为问题的瞬间和瞬间本身的问题。

永恒无问题。

答案自应回复瞬间的考问，有如其回复问题本身的考问，但执拗的它只回复自己。

永恒位于时间之后。

从空无到非思想是思想的全部历程：从深夜的绽放到戛然而止的终结。

我们要相信自己仍有话说，即便已表达不出什么。
话语保持我们的生命状态。

我们始终因一个沮丧的词语而死。

瞬间常可隐约瞥见永恒和邂逅永恒——犹如风帆陶醉于空间与
浪花。

难以感知的永恒!
天空陨于天空,海洋溺于海洋,不会引发任何不安或同情。
瞬间的消失只会或长或短的影响那些生发或消亡之物。

对天空和海洋而言,夜既非丧痛亦非沉睡,而是绝境。
太阳以永恒对抗瞬间。

掂量瞬间或许意味着嘲弄永恒。
在荒漠中掬起一捧沙,我们不会取出其中一粒为其称重。

我们的昏暗之光上的光。思想闪耀其间。

失明,通灵者的思想。

      (他说:"你无法在沙上书写,那意味着改写你
自己的词语,意味着改写被沙否认过的文本。")

沙

他说："我是话语的人质，而话语本身又是沉默的人质。"

他说："死亡首先存在于话语中。

"所以，切莫在那些成群结队的聒噪话语中寻找我的话语，而要去反省其消逝的永恒之处寻找。"

不要去思考死亡、虚空、空无、虚无，而要思考其中的无数隐喻：逃避非思想的手段。

这里有我已书写之书，它们不是写在沙中，也不是用沙书写，而是由沙书写并为沙而写。

这些书，我与其命运——一种静止的冒险——结合，通过解读它们而逐渐与之同一，乃至成为它们的书写本身。我以自身的解体为代价，才使这一奇迹成为可能。

以虚无之名废除虚无的沙漠，我焉能剥夺你们在无限中的那个合法的部分？

天空战胜了书，却无法战胜以一颗颗沙粒凝固起来的沙。

个中三昧，恐怕唯以沉默的分量才能思考。

造物主未将他的话语勒石成碑，而是刻进了某种已石化之沉默的永恒瞬间。

破碎的约版[①]首先是一个奠基的行为，它允许神圣的书写从沉默转入得到认可的所有书写的沉默。

赤贫的财富。

"书写，"他说，"是某种与沉默背道而驰的沉默的行为，是死亡反抗死亡的首次正面出击。"

（他曾在笔记中写道："在我仍可能有未尽之言的彼处。

"你的天数是阅读。我的天数是消失。

---

① 破碎的约版（la brisure des Tables），即摩西十诫，是上帝雅赫维借由以色列先知摩西向以色列民族颁布的律法中首要的十条规定，是犹太人有关生活和信仰的准则，也是最初的法律条文。据《旧约·出埃及记》，上帝在西奈山上单独召见摩西，颁布了十诫和律法，并将十诫亲自用手指写在约版上。摩西下山后看到以色列人离弃上帝，竟然在崇拜一只金牛犊，愤而将约版摔碎。后来上帝再一次颁布十诫，被刻于约版并放进约柜，存放在敬拜上帝的会幕的至圣所中。所罗门王在耶路撒冷圣殿建成以后，将约版置于圣殿的内殿。后来约版失传，可能是在公元前5世纪巴比伦国王尼布甲尼撒二世焚毁第一圣殿时被毁。

"僭越者。"

他说："是天空坠向大地，而非大地升往天空；
唉，我们的星球不似蓝天或暗影那般轻盈。"
他又接着说道："所以，死亡才在我们僵硬的
躯体上降临。"）

书写约束我们。我们或许只为解脱才去书写，却没有意识到对我们
而言，这种解约是一种尊重誓约到最后一刻的态度；
……直到最后一刻，也就是说尊重直至终结，在那儿，我们遵从的
誓约将以一种新的形态展示给我们。

*

我们阅读黑夜将从我们身上夺走的那些东西——如割草一般。

思想需躬身方能跃上新的高度。思想的巅峰也是思维的极限。
所以我们说，非思想绝非一种可以遵从的思想。

我们是众多经文的猎物。

"如果真理存在，"他说，"它一定会是我们唯一的对手。
"所幸它不存在，所以我们可以凭空为自己树敌。"

他还说："我用钻石镶满夜空。有些人只因其闪烁就把它们当作心爱的星星。"

全部时间固着于一瞥。
无限打开了我们的双眼，瞬间又将其闭合。
永恒唯存遗忘中。

他说："字词慷慨而无情。你赋予或拒绝给我一切，还包括这样的瞬间：今天，那瞬间以爱充盈我心，继而又令它跳动甚微，甚至只有警醒的死亡方能听闻。"

任何阅读都设有界限。没有界限的文本则在部分逃逸的过程中每每催生出新的解读。
那些仍有待解读之物才是幸存的唯一机会。

生而不问"为何而生？"意味着预先绕开"如何而死？"这一问题，意味着接受一种无源头之死。

思想史或许仅仅是一种与思想层面平行而存的大胆的历史思维，犹如顺着树干往回修剪的枝丫。

一部无终结之书只能完结于其未卜的延宕。

你吸入的空气强迫你把它归还空气。

此即呼吸的实质。

你心胸过于狭隘，难以承受这上天的馈赠。

他说："我无疑是我之书的记忆，但何种程度上我之书才是我的记忆？"

思想并非生于白昼。它就是白昼。

站在我的角度，我会说它生于黑夜么？

他又说道："我钟爱这些游移的思想，它们仍漂浮在沉睡的雾霭和白昼的羞涩微光之间；

"漂浮在其沦入的、已不太幽暗的空无和初见之下甚感讶异的花草之间。"

如何定义思想？——思想不在乎它是什么，而在乎它针对什么。

那么，我们称之为思想的，可能不过是将已呈现的事物划分出范围的能力而已。

所以我们始终弄不清思想的好奇会将我们带往何方，而当它设法在语言中配得上我们的忠诚时，它也使思考活动服从其形成过程中不可预测的成功。

思想：纤毛状、有翅、簇生的谷粒。

他时而把思想比作麦田，时而比作海洋。但这两种比喻都不对。思想是麦穗的负荷，是海洋的维度。

粗鄙的思想，犹如劣质的泉源。

思想求助于种子。非思想绝无茎秆。

*

他说："非思想存于书外，其内在的视野。"

我若通过将非思想比作某种酵母来为之定义，它便即刻化为我思想的无尽痛楚。
所以，书之外依旧是书。

我只能从界限开始思考非思想。
我要去的是未知之地。

每级梯蹬都属于思想。
属于非思想的只有梯蹬的突然缺失。

了解无限的每次间隔，有如了解一座房子的布局。

瞬间是通往持续之时间的小门。我们入门后它又随即变窄。

我的家园里，时间无处藏身。

"我可以负责任地说，"他曾在笔记中写道，"非思想无非是横跨朦胧两岸之桥的惊惧坍塌。"

地球在其浑圆的大胆思想和支撑它的非思想的虚空中打转。

有能力中断他物者，无能力中断自身。

我们始终循虚无之线书写。

言说思想，如同言说一颗结出的果实。

无路可走，只能遁入未知。

那迁徙者——亚伯兰①——他前往何处？他启程寻访自己的身份，却发现了他者。他早就知道他会死于这个他者，那漫无边际的距离会把他和他自己分隔，并从他者身上浮现出他孤独的面庞。

---

① 亚伯兰（Abram），希伯来人的始祖，后奉上帝之命改名为亚伯拉罕（Abraham），意为"万民之父"，七十五岁时奉上帝之命举家迁往迦南地。

我们生在此处。总是死于彼处，而分界线存乎于心。

我们能否思考他者？我们只能求诸已有的对他者的观念。

与他者的关系是否只涉及格格不入的两种贫瘠思想之间的关系？在那儿，非思想尚忌惮于炫耀胜利。

就像走投无路的夜与昼因其自身的兵器而消亡。

岁月催人老。挫折每每让我们鲜血淋漓，可有时谷底的一束爱的火花便足以点亮我们的黑夜。

切莫把有所斩获当回事，那不过是虚无讥讽的启示。

从某种意义上讲，占有资源意味着借虚无那有益健康的幽默而生存。

"思想者是个老到的渔翁，"他说，"他从非思想之海汲取闪光的思想——曼波鱼、河豚、舟鲥鱼，比目鱼——这些鱼既已吞下诱饵，在碧海蓝天间挣扎片刻，随即便在它们属于异类的大地上慢慢僵硬。"

生命战栗，死亡大笑：可怕的伴侣。

思想之于生命，犹如非思想之于死亡：同样的浮标。

生或死，我们使用的都是同一个线轴。

床头灯只能映出床壁间的空隙，自由仅可照亮一步之影。

向缺席提问，乍看上去似乎很是荒谬。
但我们的问题的确都是向它提出的。

他说："我大惊失色，我们竟如此盲目地向缺席的开阔地带狂奔。
"所有变化只是缺席的逐步趋同而已。"
他又接着说道："我灵魂最好的那一部分已被切除，如健全的躯体失去了右臂。
"啊！失去这部分躯干让我的肉体多么痛苦。
"这是缺席在以施痛的方式向我们现身，除此之外我得不出任何结论。"

鲜血可以染红墨水，却不能使它变得温热。
每个字词都会死于祁寒。

或许，我们在世间的缺席无非是在空无中的在场。

你能清点的，只是你失去的岁月。

我们无从想象孤独的眼神：虚无的眼神。

请在想加害你的人面前掩藏伤口：伤口令其亢奋。

——什么让你恐惧？

——以你的名义安顿，却无正当理由。

——我不太明白。

——如果我回答说是你的真理在杀人，又当如何？

*

（如果造物主即是他的**话语**，那么荒漠则比造物主还要古老，因为造物主的**话语**出现在荒漠的场域，所以荒漠的场域也比造物主的**话语**古老；可造物主是没有往昔的。当我们言说造物主生于造物主、死于造物主的时候，我们是否是在承认他既是那个**话语**也是那个**场域**？

当造物主宣称"我就是那个场域"时，他是不是想说他就是所有场域的那个**话语**和所有话语的那个**场域**？

造物主之生，令人困惑其短；造物主之死，缘于其**话语**枯竭。

荒漠以其沉默见证了这样的生命。颗颗沙粒将我们引向这样的死亡。）

若将造物主与造物主、思想与思想，神圣之书与神圣之书对立起来，不啻用一方毁灭另一方；

但造物主比造物主活得久远，思想比思想活得久远，神圣之书比神圣之书活得久远。

唯其存续中，你得以继续挑战它们。

荒漠之后有荒漠，正如死亡之后仍有死亡。

（没有看到伤口时，伤害已然发生。）

第二卷

| 对话之书 |

诘问无法达至对话：它是对话的前山。

明天：捉摸不透的字词。从未体验过。始终有待体验。

（他在给我的信中写道："为了生存，我该有一个贴切的名字了。

"迄今我仍在使用我缺席的名字。"

"为了书写，我得活下去；可我的生命愿意被写下来么？"他问。

有人回答他说："每一生命都是生命的书写。"

他说："代词'JE'（我）正是我名字开头的两个字母①，分别是'J'和'E'，托它的福，即便缺席，我也算是活了一把。"

_____

① "J"和"E"分别是埃德蒙·雅贝斯（Edmond Jabès）名和姓的第一个字母。

"哦，荣耀者，对你，那是璀璨的钻石，对我，则是淌自伤口的碧血。

　　"书之夜是我们的夜之书。"

　　孤独之善，无愧恶之挚友。

　　他又说："人之话语中，造物主的话语存焉。

　　"造物主的沉默中，人之话语存焉。"）

书的开端

他答道："书无开端。

"所有开端俱已存于书中。"

按理说，对书的注解是靠不住的，因为动辄便有某个字词以其昏暗之光挑战注解，而这个词往往就是关键词。

唯有在这片暗影中，文本的丰富性方能显现出来。

他说："须知，我们只有在书被剥夺以后才能洞察这本书。

"所以，我们只能栖身于失落中。"

黑暗愈多，光愈耀眼。

我们将在吐纳波动的表面书写！

词语中生与死的对话

他说："对生命而言，我是书写的页面；一如对我而言，死亡是我阅读的页面。

"所以，书写既是死亡的惩罚，也是死亡的莽撞。

"你阅读你的往昔，让他人阅读你的未来。

"因此，在书中，生命不过是从不可读到可读的通道，一旦完成便告消失。"

他又接着说道："应召的是生命。中选的是死亡。

"它们的秘密对话不断进行，在我们自身不可企及的最深处，则变得愈发难以想象地不可听闻。"

他还曾写道："躯体是思想的杰作，躯体使思想闪光，并允许思想与它共同浴血——即与之同辉并消陨于自身的光芒之中。

"死骸之骨灰，实乃思想之余烬。

"至此，我们方能与自己的思想相伴始终。"

——你写作时在和谁说话？

——在和一个始终说不准是我们自己还是他者的人说话。

——对一个陌生人？

——虽说有点儿荒唐，但不失为一种说法：说话时没有对象，或许就是自己；可要是不让自己变成他者，又怎能说给自己听呢？

——……如果我们自己就是那个他者，这就更荒唐了。

——我可没这么说。你们没懂我的意思，或许是我自己没说明白。这个他者并非我自己，也不是我的发明。是我察觉到的在我身上的他者。

只需在纸页上勾勒出一个词语的轮廓，便已然能与空白页搭腔了。

一经识别，我们所见、所闻和靠近的一切便都进入了与我们对话的情境。

因此，书不过是词语向词语开放的有限空间。书写词语时没写到我们，但抹去词语时却记录下了我们。

有一种语言是墓碑碑文强加给我们的，它强迫我们沉默。寻觅一个符号时凝重的沉默。

啊，他者——人、世界、造物主——他告解的秘密中有太多我们自己，甚至多于我们可能有的；它是某个话语中的话语，我们害怕自己的名字与之产生瓜葛；虽说我们是其附庸，可它反倒不像和我们有什么干系。

苍白啊，苍白的血。字词中，长眠着几多盛衰的世纪。你以揭示唤醒了这些世纪。

我们分离之际，一部书微微敞开。

（他说："既然我们自己只能少言寡语，词语势必喋喋不休；

"因为词语生于词语，而我们，唉，我们生于虚无。"）

场域的分享

——对话是可能的么？

——犹如生死般可能。

——我活着并将死去。

——你以一种不可能的方式活着，是死亡使然，以便将其终结。

——无始焉能有终。

——每个话语都生于话语中的退潮。我们随潮起而言说。

*

（——他在说什么？

——他说，但凡生命不再诘问死亡、死亡也不再质询生命时，便再无指望了。只有遗忘。该死的遗忘。

——或是和平？

——可怕的和平。火堆中的书页。

——啊，守住你的书吧。书会保护你。

——再说点儿什么。别停下。

——我倚着你的肩头，读着我们的书。啊，别厌弃已写就的东西。你是笔，又是手。

——阅读是灼伤。是我们唯一的财产。

——只要你还能辨读它，它便存世。）

*

他说："那火焰或许正是天空和废墟中燃烧的一部书。

"是腾天烈焰与几烬之火的对话。"

他又接着说："参天橡树，枝丫不再成行，树叶也不再成其为词语。

"树与书是同一片火焰的旗帜。"

"大火在哪儿？"他问。

"他处，很远。除了摇曳的微光，从这儿什么也看不到。"

*

作家为书而燃烧：一种宽容书的方式。

有人问："有没有一种叫作对话的方式？两个陌生人之间怎样展开对话？"针对这一问题，他答道："首先，本应有一种前对话存在，作为为进入对话而进行的缓慢而狂热的准备。我们虽然不了解对话的进程或将要采取的方式，也无法解释清楚其中的原委，但我们坚信那对话业已开始：一场沉默的对话，对话的一方是缺席的。

"其次，也应有一种后对话存在，或称作后沉默。我们在试图交换话语——或不如说在学习话语——的过程中，我们所能言说给他者的唯有沉默而已；每句深奥、空洞和自以为是的话语都把我们抛回给这一沉默，我们曾试探过它的深度，却一无所获。

"最后，还应有成为现实的那种对话存在，准确地说，唉，就是那种无法替代、生死攸关却又并未发生的对话：它始于我们彼此告别之际，而后又回归各自的孤独。"

像对话一样，接近书也须循序渐进。

因此，书写意味着攀缘我等之欠缺的台阶。

话语位于峰巅。

（"我在书中的岁月是难以为继的，"他曾经写道，"而我这个傻子竟还死扛着这种岁月。

"帮帮我。分享我的话语和我的场域吧。"）

前对话之一

　　水井，哦，对话：水在某个瞬间应许给我们的永恒之焦渴的福祉。
　　虚幻的出路。

　　你端详它的脸。它同时塑造你的脸。

有位哲人说过："对造物主讲话时，我处处小心谨慎，生怕冒犯了他的敏感，因为我太不擅长言辞了，但我若不和他交谈，他又会觉得是他伤害了我。

"与造物主的关系可不像想象得那样简单。

"人对此懵然不觉，可造物主清清楚楚。从一开始他不就对语言取代他的地位、充当一切与空无的创始者表示过怀疑么？这两位权高位重的创造者都宣称自己才有创世的权力。造物主获胜了。但他拒绝分享。他躲进了沉默，把话语交还给话语自身。"

他又接着说道："我们继承了一个孤儿般漂泊、流浪的话语，还异想天开地想让它遵从我们的意志，殊不知它使我们不得不共度漫漫孤独。

"首要的是对话。从生命的一端到另一端，生命死于它拥抱的那种激动人心的——或狂热的——生活。"

*

一个说："我就是那个点。啊，我希望能有一天发现我在中心的那个圆：那是我的世界。"

另一个说："我就是那个圆。啊，我希望有朝一日能发现为线条的冒险定义的那个中心。"

*

"要慢慢感知自己的世界，"有位哲人说，"不过这种感知意味着要努力拓宽难以忍受的狭小空间，意味着要把小囚室梦作大牢笼。

"我们布置出一个空间，该空间随即一声不吭地将我们步步困死。

"精神窒息而亡。

"所以，思考不过是对环形的思想边界不懈地进行调整。

"我们彼此在此中进行沟通。

"因此，对话会成为一种共同的努力，迫使空间每次都能将口子敞开得大一些。"

他又接着说道："其证据就来自我们对自由的渴望。再说，我们正在冲击自己亲手建造的围墙，却忘了我们就是在同样的渴望呼唤之下出生和死亡的。

"我们的自由就存在于这种遗忘当中。"

*

他曾经写道："你知道为何你的对话者沉默无语时你会感到尴尬？因为他在耍滑头。他是不想让你对自己谈起自己。"

他又接着写道："他人不就是我们备用的脸和合适的面具么？这是一副趁手的面具，既为我们挡住了他的目光，又让我们最终可以率性观察。

"须为眼眸另辟新路，而孤独须有一道难以察觉的凝视提供的矢志不渝的支持。

　　"你的在场如此宝贵，哦，天然纯净之眼眸的温柔在场。

　　"我们隐秘的契合如此富有活力，如此强韧——如此郁郁葱葱。"

　　"眼眸是个圆，"他曾在笔记中写道，"虹膜则是深渊。

　　"我们通过某种孤独之名并借其话语言说。"

　　无形状之基础是脱离肉体的思想。无基础之形状则是脱离了思想的肉体。

　　——那你是由形状还是由基础构成的？

　　——你不妨问问我是由浪涛还是大海构成的吧。

　　……可究竟是疲惫的肉体拖拽着精神进入了虚空，还是鼎盛期的精神把沉重的肉体推进了空无？

　　"我们是一个重大的计算错误的牺牲品，"他说，"是一个太过鲁莽的行为或一个致命的疏忽的牺牲品。"

　　没人会去敲死亡之门。要么进去，要么出来。

　　控制死亡所做的努力，对我们是不是安慰呢？

　　记忆令我们生畏。回忆向我们施以援手。

　　我们记得有关个人——匿名的？——死亡的仅有的几个瞬间，生命记载了那些瞬间。皱巴巴的形象。

对沉默而言，求助于图像的效果不错。

他曾在笔记中写道："在那儿，万物缄默，唯有眼眸观看。"

有人问他："我们怎能依赖瞬间？它自己可是特立独行的。"

他回答说："未来的消失终归是消失，只有存在过的才能被抹去。"

死亡精心地抹去死亡。

> （年龄：此地，我和自己的灵与肉一同展示。
>
> 此地，只有时间和明镜。
>
> 我已届同意年龄①。）

*

当你一切都无从记起之时，你便会开始追忆你远古的生命和万物的开端。

我们正是在自己的能力——具有欺骗性的能力——范围之内得以思考造物主的，可我们偏偏想不起他。造物主无法重返，造物主遥遥在前。

---

① 同意年龄（âge du consentement），法律术语，在刑法中描述性行为的同时引用，其含义为法律上认定一个人具有自由表达性意志、独立进行性行为能力的最低年龄，一般用于界定"少年"和"幼童"这两个法律概念。

他说："如果造物主无从进入我们的回忆，那就说明人拥有造物主从未涉足过的某一领域。"

他又接着说道："造物主能全权主宰的只有死亡。"

记忆是带套的酒瓶，回忆是其瓶塞。

拔掉瓶塞。瓶中物令人沉醉。

记忆忠实，回忆骗人。

我们在不可信的沙粒上营造往昔。

可荒漠诚实，虚空无欺。

对话自有其进程：分段的深渊。

空无也自有其梯蹬。

蚂蚁的天空不属于我们，纸页的天空同样不属于我们。

你在书写，手探入云层或在光中翻寻。

字词生长的田野与字词等比：空间宽裕。只有我们能保护它。

作家是符号之生命力的见证。

……此后，目光只能捕捉隐形之物。天际线如此夺目。

眼眸界定无限，在分割无限之时对抗无限自身。

任何断裂都意味着接近一场对话，遗赠之话语的序曲和终曲。

书写驳斥对话，同时也在拒绝中创设对话。

每场对话无非是两种封闭独白之间的对抗。
兄弟阋墙一样的暴力。
谁会为这场谋杀而审判我们？

我们将随着某个想法的航迹去思考那有待思考之事，我们只能看到思想掠过。
那个想法永远也抓不住：它仅仅开辟通道。

重要的不是体验。重要的或许是生命能够体验到的烈度。

真理与自由缺一不可：它们是同一片茵绿的青草。

书写时，我们是不是想着创造一切时却创造了虚无？对我们而言，唯有这个每日的创造才有价值。

*

他说："那个过客给我们留下了遗憾。
"等待的那个人带给我们希望了么？
"前者立刻认出了我们。后者还想得起我们么？

"过去和未来是同一个骰子的正反面。"

可如果造物主只是在其绝对无误的记忆心中长存的造物主，该当如何？我们只有靠记忆才能接近他。哦，完全可用。

我们不创造。我们回忆。

……直抵那至高无上的可用。聒噪。啊，把这枯燥乏味的喧哗拒之门外，在聆听的星球中成为纯粹的聆听，因为发现仅仅意味着拔去插销。

失落。失落。失落。

我们一无所获。

我们付出一切。

你反复说道："遗弃中无对话，哦，慰藉寥寥，只有为拟订讲稿而窃自时间中的时间。

"趁你在，盯紧这段时间。

"我们试图对另一人言说之事早已在话语中不知所踪。

"哦，沉默。理想的和谐。

"只有风渐渐平息时，海与海才能结合。"

　　　　　（"我们生于清泉，"我的一个朋友说过，"我们死于焦渴的沙。")

　　他还说过："我们也许只是为了从内心的隐燃之火中救出若干词语才去书写的。"

*

　　况且，如果对话不过是将某部匿名之书撕成碎片，而破碎的部分除了标记出碎片的痕迹外并不急于重新组合，该当如何？
　　我们经伤口而相互言说，却从不知伤口从何而来。

　　字行是死亡黑色的轨迹。
　　生命在白色虚线上成长。

　　　　　　　（他曾在笔记中写道："碎片或许是永恒的
　　　　源头。
　　　　　　"伤口是生命的不争之源，是消逝于四面古镜
　　　　中的生命。"）

前对话之二

……这个微不足道的间隙分隔了死与垂死。

既由不得你接受也由不得你拒绝，哦，死亡，虚空，空气，太阳。

"我"是"你"的奇迹。

他说:"它来自某种逻辑:这个'我'是用来为'你'命名的,这个'你'是用来使'我'具有合理性的,而'他'则意味着消失。"

现时不存在。只有被未来纠缠的往昔和因往昔而无所适从的未来。

现时是书写的时间,它既对一个充满活力的过早或过晚的时间感到痴迷,又与它一刀两断。

（既然我的内心一片沉寂,那我还能言说么?
要知道我几乎连自言自语都还没学会呢!我几乎再
听不到自己说话。这个"几乎"是救命稻草,我
得把字词安放在它上面,或者应该这么说,我得把
那些不管不顾、执意要成为字词的东西安放在它上
面——虽然这些字词对世界的呼唤充耳不闻——还
得对它们负全责。从今往后什么都不表达,它们会
代我表达得更好。）

对痛苦而言,遗忘是满目鲜花的小岛。
空无弥散芬芳。

一朵神奇的玫瑰

在不毛之地绽放。

夜未能在黑夜中寻得安慰，却在以其万般清辉装点的怪诞之星那里

如愿以偿。

他人即虚幻。

梦

我有个习惯：每天早晨写作以前，比如要去办什么正事以前，总要在房间角落里的那张扶手椅中稍坐片刻，那儿是我的庇护所。这张扶手椅我用了很久了。

那天和往常一样，我正眯起双眼全神贯注地清空思虑，好让更多奇思妙想涌进我的脑海，任其驰骋，率性而为，也不用遵从或违抗任何意愿。

正当我神游八表时，忽听得有人敲门——我平时总关着门，以免受到不必要之扰——与此同时，我看见一位少妇走了进来。我立刻就不敢吭声了，先是因为她飘逸的举止让我四肢僵硬，然后是随她而来的沉默。那沉默压倒了房间里弥漫着的沉默。

她坐在与我扶手椅配对的另一张扶手椅上，对我凝视片刻，然后，开门见山地问我能不能行行好把她的名字告诉她——她的笑容尽显憔悴，眼神却无比执着，我顿时一阵惊惧。

她无疑察觉到了我的窘迫，因为她又立刻站起身，似乎有些尴尬，径直走向门口——她进来后，那门一直半开着——再没看我一眼便飘然而去。

　关于这个女人，我所知道的只是某天早上她贸然闯进我家随即又迅速消失，但她令人费解的要求却在我的记忆中挥之不去，本书并未特别提及这个女人；也未提及她莺歌婉转的嗓音，甚至未提及她带给我的那不愈的创伤，但她的面容和嗓音却在这些书页中有了更多的在场；她的面容让我浮想联翩，而她的嗓音则证明了她无可辩驳的存在。

　书中，那形象和声音从一端穿越到另一端，犹如未经勘测之荒漠的露水和被黄沙淤塞之绿洲的梦想。

*

　他说："我们把球扔到墙上以后会怎么样？球被墙反弹了回来，但根据游戏规则，随后捡球扔球的动作可以各个不同。

　"传球既可以很随便也可以很紧张，既可以很用力也可以很轻柔，事前不必考虑过多。

　"对话也是如此。"

　对话的中心充满跳动的问题。

　每种沉默中都有两种沉默，就像每句话语中都有两种话语一样。
　抬高嗓音。推倒墙壁。

　真实的话语绽放于墙后。我们是不是，啊，我们是不是该凿开石头，把那话语采撷出来？

他向我们保证说："裂缝之间正依靠其施之于我们身上的魅惑而相互沟通。

"所以我们才是那令人晕眩之呼唤的起源。"

有人回答他说："可起源又是什么？不过是某个假定有开端的晕眩罢了。"

对宇宙记忆的出现而言，深渊是必然的虚空。

这一灵魂的虚空挟持我们进入黑暗，哦，怪诞的枕头上浮现出一张大汗淋漓的脸。

必要的空无。

*

"我想咨询几个问题。"弟子说。

"你别指望从我这儿能有何收获，"大师回答，"我们俩获得的光是等量的：即我们微薄的知识。"

"难道我这就得离开您么？"弟子说。

"别急，"大师回答，"我会尽力帮助你。我会教你如何逐渐忘却。这是对话的好处。"

真理发展到最后，只要不能证实其不完美，它就依旧能宣称自己是完美的。

*

他很疯狂。问："书的问题有没有界限？啊，是什么界限？在什么地方？"

他很理智。答："白昼的界限即是白昼。"

一个持续的机会？书只为书提供这个机会。可有时作者会从中受益。

他说："一旦深入荒漠，沉默就再也不能把你包围起来。你自身化作沉默，以便让荒漠言说。"

"你知道自由是什么？"他又说道，"自由是一条长线，我们每次总以为能剪断它，但它总能在剪刀下逃之夭夭，因为这条线极度透明。"

真理不受自由束缚，但自由无不源自真理的辨识。

他很疯狂。问："什么能在野外生根？"

他很理智。答："也许就是不能生根的那个东西，在它最意想不到的那个特定时刻。"

有一种对死亡的聆听，我们只有在死亡中才能利用它或影响它。

他说："死亡或许就是闹市旮旯处废弃的死巷，已中断之对话的回声在其间回荡。"

书的绽放。对话发生在花期之后。
那些随后成形的往往成形于视觉之外。其外形未来还会时时调整。

*

一个年轻人去见他的老师并说："我能和你谈谈吗？"
老师回答道："明天来吧。我们再谈。"

次日年轻人又来了，说："我能和你谈谈吗？"
老师答之亦如昨日："明天来吧。我们再谈。"

年轻人很失望，说："昨天我就来过了，问的是同样的问题。你是不是不想和我谈呢？"
"从昨天起我们就已经开始对话了，"老师面带着微笑回答，"如果咱们俩都耳背，那能是我们的错么？"

> （这种事永远都不会发生。因为它住在"永远都不会发生"里。）

镰刀·谬误

前文本是一片沃土。

镰刀收割谬误：小麦。

赤裸，书的赤裸。

他说："哦，精神的苦囚，请把你的笔变为无情的镰刀。

"我们只能靠饥饿养活自己。"

他曾经写道："我从窗口凝望，大海与鸥鸟齐飞。

"总有一天，我将从这儿动身。我不会怀揣大地的影像，但会带着
天空无尽创伤的幻影随行。"

中性的故事，我的生命还原成黑色的卵石：僵化的永恒。

分界线

......这条线只是令人焦虑不安的问题——也令
问题本身焦虑不安。

问题属于开路之路，现已开工建设。

——前额，它是精神的边界么？
——还不如说地平线是我们的边界。

一旦创建了一个点，即意味着已为书写定义了空间。

创造对其自身成长的各个阶段都保持沉默。
创造借写作率先打破这一沉默。

——缺失即是源头么？
——所有源头都在讲述缺失。

铺平石头，在上面敷设一层沥青。

一条路只能这样修。交通有其自身的需要。

必须确保万无一失地奔赴死亡。

四周笼罩无限。

过于清晰感知的事物总会被忽视，不能察觉的方属永恒。

简单——化简——才是我们的共同渴望：设定一个目标，把我们异想天开的种种希望转化成目标。

思想风平浪静的海面，平滑无限。

希望被理解并非是要远离黑暗，而是要对这幽闭的黑暗做一番探查，并从中洞见一缕悦目的光。

看见，方可化简。

"不要以奇特的光去回答光，"他说，"而要以光的奇特做出回答。"

若每个瞬间都是一场对话的开始，永恒会是对话的终结么？但不可能有这样的终结，因为终结本身即是某种无限，是某种不可接受之终结的终结之无限。

全能倏忽而过！两种永恒为沧海一粟大打出手。

他说："话语有如迸裂于沙滩的浪花，但我们能解读的只是一丁点儿泡沫。"

世界末日的沉默是遗忘掉一切邂逅的沉默，是禁止一切启程和重逢的沉默。

我在门槛前踌躇不前，缄默无声。

他曾在笔记中写道："沉默并不是阒无声息的空信封，而是密封信封时点燃的封蜡。"

书不同于鸟，死去时照样双翅展开。

预言·恐惧

话语的力量，与其说来源于它们将确定性阐释得巧夺天工，毋宁说来源于它们言说中的未言之言和深邃之言，以及有创意的不确定性。

永恒，无限，只有在回观时才能领悟：某种有限行为的大胆以及时间的放肆反弹。

他说："回忆对时间的存续负有责任，时间的存续不过是为时间设置的陷阱，全靠时间的评估决定其存续与否。"

经词语之差异而进入词语。但我们该关注的不只是词语外在的和已有的差异，更要关注能在语言内部产生影响的差异，此种情况下，差异无非是对一个靠不住的宇宙的剖析。

如果死亡只是语言的一种断裂，却使得另一种无论透明与否都不能穿透的语言横空出世，该当如何？

你说："我们以恐惧或安详的心态静候死亡。"

但如果死亡就在我们眼前，我们每天要死于这样一种残酷直觉的究竟是怎样一种未来的死亡？如果死亡在我们身后，又会有何等欣慰的平静告知我们已超越死亡？

作为瞬间的形象，我们将在被抹去的昨天与明天的合谋中死去。

声音先于符号来临，可它来临伊始不就是符号的声音么？

沉寂的声音：死去的符号。

他说："书写意味着与陆渐归寂的声音为伴。"

他又接着说："写作时唯闻笔尖沙沙作响的人才纯属不幸。"

此处，恐惧意味着听力丧失。

孤独的对话！声音，声音，沉默的笑柄。

书写，言说，不为战胜恐惧，而为不去追查它。

不为别的，只为替代恐惧。

我在无望驱走死亡的话语中安顿下来，占据了死亡为自己安置的空间。

神化后的字词化为预言性的字词。字母个个都是神谕的种子。

词语做出预言，又轮到它自己被预言：此即预—言①。

我们自由地从面对未知中滑过，跌入一语成谶的那个致命的囹圄。

心灵亦有其枷锁。

    （——从几时起我们可以宣称自己正在对话？

    ——或许是再也没有什么宇宙的那个决定性的时刻。）

在间隙中打下地基，在决绝的沉默上打下地基。

---

① "pré-dit"（预—言），这是雅贝斯的一个文字游戏：他将动词 "prédire"（预言）的过去分词 "prédit" 拆解为 "pré"（法语介词，表示 "前/先" 的意思）和 "dit"（说出的）两部分，从而使词义的意思就变成了 "先被说出的"。

自由权

他说："在场的存在感太强了，所以它不能获得自由；而缺席的不存在感也太强了，以致它完全没有了机会。"

他又说："自由声称自己存在，却只在缺席中施行。

"此即两难。"

你离我很近。你自由么？

我离你很远。我自由么？

自由无视距离与时间。

可是，自由只能是暂时的，具体而言，只能是一片征服的空间。

自由将我与自由相连，我却被它拴住了。

他写道："我把自由变成了我的桎梏。"

诞生意味着接受随机的选择，但所有自由均属诞生。

他还写道："我因赋予我的生命而生，又因这一生命而死。"

自由的体验来自身外。它存在于解放的行为当中。
啊，你的藏身之处是不自由的，自由是光天化日下的东西。

"自由诞育自由，"他说，"也许这种多产就足以扬名。"

他又接着说道："但一颗自由的心灵能在多大程度上利用这种安分守己却动辄攻击自己的自由呢？
"心灵面对的总是一个装备得更为精良的对手。
"激励人的自由使人脆弱。"

他人能担保我的自由么？但我的自由无论如何都不能因过于谨慎而受到妨碍。"因为，"他说过，"那意味着给翅膀拴上了铅坠。"
所以，让他人自由地行使自由，也让我自由地行使自由，自由只能赋予尊重我们自由的人。

憧憬自由，并唤醒他人心中同样的憧憬。这种换位关系中才有博爱：它们不再是制约的因素，而变作共同自由的酵母。

简言之，自由权就是成为与他人同样的人的权利。

自由要有程序，如同通往真理要有规则一样。

但何谓无制约的程序？

获得自由和真理是以丧失各种真理和各种自由为代价的。

那是砧板的代价。

生命除了成为生命，死亡除了成为死亡，均别无自由。

哦，贪婪——狡猾——火借风势传播。

时间摆脱时间的灰烬。

哦，未完全烧毁的那本书，其呛人的浓烟让我们窒息。

笔记之一

向深渊施以援手。

超负荷

白色与沉默相连，绝不会与丧痛的黑色相连。黑色是沉默的超负荷，重如任何一种超负荷的形式。白色则无厚重感，不具分量。白色是开放的、无垠的空间，每时每刻都透明无比。

无记忆的渊穴，深不可测的虚无，拒绝一切黑暗，抵御所有外界的光。一切泯灭之后，空白到来。水晶：哦，恒久的灵魂。

未来存在之物将以深渊为镜，在空无中觅得藏身之地。

但虚无并非空白。它是不真实的影像，出自我们头脑中的臆想。

白是轻盈的，空灵缥缈，无色无臭。腾逸上升。

你在惊异中书写。你身旁放飞了词语，白色带它们高飞，你再也抓不住它们。

但有些词语依旧会存留下来。它们在飘浮。纸页提供给它们被阅读的机会。墨水表面，字词逐渐僵硬，有如水面上漂浮的死鱼，它们为实现可读的愿望而献身，那愿望就是死亡的隐秘渴望。目光使它们不堪重负。

死亡远不如永恒轻盈。

书

一位说道:"我们的右手在书中。但左手享有打开或闭合书的特权。

"因此,这双手支配书的明天。"

另一位回答:"假如我出现在书中,书中某处一定会引用我的名字。

"可我到处都没找到这个字词的踪迹。"

对话收复了它的地盘,那里久无人迹;蓦然间,它自己又重新露面。

话语再次重见天日。

        ……连连受挫的对话有如恣肆浪尖上的软木塞。

    无穷往复。往复无穷。

"大海是我的记忆，是令我畏惧的记忆。"那泅水者这么想着，离岸边渐行渐远。

我们永远成不了地平线的主人。

传说

他曾经读到，有位哲人在沙漠中成功地与沙进行了谈话。

这一壮举让他印象至深，他决定与泉水也做一次对话。

他不知道我们的声音在沉默中是唯一的，因为哀叹或歌唱本身早已是远方的话语。

死亡言说。生命被言说。

（……因为你还在那儿，而我似乎不在了。）

他曾在笔记中写道："我会不停地与那个再也不吱声的人交谈，不是想要他仿效我，而是为了坚定他缄默的信心。他的沉默如此雄辩。"

他又接着写道："沉默始终在和那个向自己奉献了词语的人交谈。"

在这条未引起怀疑的分界线

——死亡将至。

——你怎么知道的？

——它不说话了。

——从这个沉默开始。终极的沉默。

——无法超越的分界线。

——那就是说始于终极的分界线？啊，谁能清晰地划定这条分界线？

——肯定没人行。我也不行。

可是……

——可是什么？

——发生的每件事都让我觉得自己已抵达了那条分界线。我觉得——也许是直觉？——那未来正不知羞耻地躺在我的面前，它依旧是我书中藏匿的那个远古的过去。

记忆比回忆更古老。我们不是早就知道了么？

为了把握未来，必须毅然掉转身来。

——你是想说，未来就是一个被忘却的过去的投影，由字词发掘而成，仿佛它们自身即由记忆塑造，而我们只能将那记忆不时地瞟上一眼？

——书的未来，是的。

——这么说来，书就得永远固定在书上并永不停歇地探索其论点的基础：它自己的基础？

——书潜行并淹没在尚待书写的书中，这只是它逃避死亡的不懈努力，也即是说，是它为之发誓保守的不可阅读性。

——那我们是不是永远在写同一部书？

——一部反复低吟的绝望之书，它知道自己永远不会被完整阅读。

真正的阅读只有以这道伤口作为标记。

想想读者该有多失望！书连这个都考虑到了。

——我们只能阅读活得比阅读长久的东西。

于是，书的时间抹去的是每本书都会追悔的一段时间：相当于时间缺席的时间，像一本书在心口撕裂的书中。

——缺失令书晕头转向。词语的边缘不指望有朝一日能战胜深渊。

——这种缺失就是我的场域。

——你使用的是什么字词？

——使用的是那些我们以为对痛苦麻木不仁的字词，可这些字词却成了痛苦的栖身之地。

——就没有让人高兴的词语么？表述喜悦的词语都被抢走了么？

——词语中有一种死亡的喜悦：言说的喜悦，随即被沉默所吞噬。

——死亡在已言说之处忘乎所以。它从自身逃逸。唉，没有什么言说能强大到足以与厄运抗衡。

低语……低语。

——或许，忘却死亡即是书的机会。

——虚无中，任何一本书都是与死亡最终的脚步产生共振的场域。缓慢的死亡过程中脆弱的瞬间之死。

——在我看来，我们的对话难以打破我们与之抗争的沉默。沉默不像书那么容易受到伤害。

——我们只能在这一沉默上书写。沉默处理持续的时间时得心应手。多亏有了沉默，它召集起来的词语才享受到了它们那份永恒。

——……仿佛所有未表达的，最后都在词语之外读到和听到了？就在以弃绝划定界限的那个空间里么？

——……还是得用到一些词语，但都是些内化的词语，只有我才能听到和读到。

这是一些祭献词语中的词语，是在祭献词语的背面发现的。

——如果你想说沉默渐渐浮现于层层空白，我会说那是书正向书逐渐敞开；犹如昏暗的世界在清晨渐次退隐。

如许字词酣睡在沉默中。沉默有义务以同源的词语唤醒它们。

如果让星光灿烂之夜的沉默回返到不可分享之夜的无边沉默中去，那就意味着以某种方式，通过我们无声而赤诚的词语将这部无限之书归还给书之无限。

（他说："生命开启，死亡揭示。"

他停了一下，又继续说道："永恒振荡。

"一方面，朝生暮死；另一方面，与世隔绝。

"左边，是种子；右边，是钉子。"）

*

——好吧，我来问你，哦，我那不朽之瞬间的爱人，你我之间有可能进行对话么？

我们之间仅存的话语也会溜走么？这会是什么话语？

哦，沉默！我通过你对我自己言说，我辨认不出自己的声音。

此地，流水不再灌溉土壤，此地，草木停止生长，此地，太阳只会照耀过去，此地，未来永远浸渍在黑夜当中。自从我抵达生命的这一部分起，还有谁会为我们言说？

说点儿什么吧。啊，但愿我的嘴巴能发出久违的声音，好拯救我们于死亡。

曾有过一个轮回和另一个轮回的终结。曾有过那么多秘密、思索和诘问的纸页填满虚空，如同人满足了自己远古的欲望或需求。

如今有了这道屏障。

难道它已在我们身后？

难道它已被攻破？

啊，这些阴影，这些阴影。

进入未来，是否就能避开那些如影随形的强权？我们的言行举止变得不可捉摸。它们似乎在听命于某个幽灵。生命难道仅仅意味着曾经存在？

冥冥之中，我们是否渐行渐远，超越了太阳？

告诉自己再也没有了清晨，因为再也没有了另一本书：残酷的事实。

……再告诉自己或许还有那些拒绝屈服的话语。帮助它们活下去吧。

我还要等你很久么？

你，你曾试图把我从麻木状态中拖出，你在哪儿？是谁给我注入了新鲜的空气，让我再度挺起胸膛？从何处吹来那强劲的风，一个劲地驱赶黑暗？是哪颗意想不到的星星向纸页投射出腼腆的光？两根颤抖的手指微微分开我的眼睑，我的唇。是你么，在我身边？

书像一只白色的风筝，静止的双翼闪动着公之于众的符号，蓦然高悬天际。

灵魂之书须以仰视之眼阅读。

前问题

　　他对某人说："死到临头，我还有那么多要原谅造物主的事。首先是他禁止我们阅读那本书，迫使我们始终只能阅读自己。"

　　他又接着说："归家途中，那孩子数着捡到的卵石，目光甚是柔顺；晚上，他在窗前数着星星，目光俨然王者。"

　　有人回答他说："对大地而言，卵石有时就是星星；对天空则正相反，它们永远都是闪光的石头。"

　　他曾在笔记中写道："如果要我的问题从你那儿获得答案，你的答案能宣称说它仅凭一己之力，就完整而详尽地回答了这个问题么？

　　"如果要你的回答从我这儿获得问题，我的问题能宣称说它仅凭一己之力，就废除了这个答案么？

　　"这就像是答案因提出的问题而死，又像是问题因夭折的答案而死。

"我们仅仅诘问虚无。"

问题是最漫长的死亡：它是生命。

问题

犹太式的问题，就是在自己引发的答复中不断自我诘问。

他说，每当我们向自己提出一个问题时，我们总是在以犹太人的方式提问，因为犹太人早已不止一次问过自己相同的问题。

他说，每当我们想对自己提问的时候，我们总是问自己另外一个问题，这样我们就能在其后迂回地通过后一个问题再去问前一个问题。如此，犹太人的提问方式算是发挥得淋漓尽致了。

他说，当我们既无力也无心再向自己提问，只渴望安享应得的休憩时，我们依然是犹太人，因为这证明我们像犹太人一样曾经为问题焦虑过。

（他说："我们之间的差异如下：你坚信公认的真理，而令我痴迷的真理从不在乎是否被认可。"）

问题的孤独

问题躲进孤独，把全部回答留给我们。

向宇宙提出的孤独的问题。

但从另一个角度看，为何犹太教的最后一笔点缀是逐渐退却？那孤独在退却中既是纬线，又是规整的经线。

难道为了那唯一的造物主，一个民族便注定要孤独与共？

难道为了一个不得妄呼之名，其他名字便贱若粪土？

从这个角度看，犹太教自身是创新的——独创性不是始终将改革"犹太思想"作为自己的看家本领和创新先锋么？——从这个有风险的角度看，犹太教可以被定义为一个不可避免且精心谋划、被呼唤去为众书开启那本书的行为，以便在众书不断觉醒的字词中，有一个千年的话语能在其云遮雾障的透明中被阅读。

那绛色的氛围——无论是晨曦还是黄昏——正是从这个内在的、先于所有话语的话语中征服了我们的。

我们捍卫这种可读性。

折磨犹太人的问题绝对不是归属或差异的问题，而是相似的问题。

作为犹太人，我的所言所写与我的理当所言所写在哪些方面是相似的呢？作为犹太人，我的所为与我的理当所为在哪些方面是相似的呢？

啊，凭什么言行举止我就自认为是犹太人呢？在自己的书中，是什么让我坚信自己是在犹太教的阴影或光芒中思索并写作的呢？

犹太教不可能被超越，除非被其自身超越。它奋起反抗一切企图将其禁锢于某块土地上的行为，因为它知道没有一块土地永远属于它。它在书的绝对性与那绝对的神圣之书——哦，不朽的造物主——之间摇摆。

如果那神圣的不朽的确是由追溯源头的话语和原初之话语间那永恒且不可割裂的联系所确认，该当如何？

因此，文本中造物主的永恒只能是字母之间的间距；只能是系统性地对其不可辨读的侵凌：一个人类的词语，一种无尽的沉默。

挑战即存在于词语的这种交替当中。

*

有人告诉我们说，造物主忙于捏土造人，向人的嘴里吹气，好把人塑造得与他相似。

造物与造物主之间的相似性全仗那口仙气。相似性便是那气息。

造物主借同一口呼吸而与人合一。

造物主向黏土团吹气时，感觉到人的气息渗入自身。

书写传承了这气息。书写便是这气息的书写。

造物主不能容忍人超越那本书而与他相似。这种代之以形象的相似性便是完整的生命，是生命中的生命。

（他写道："向造物主提问便是向那本书提问。

"造物主严厉地斥责劝阻他把那本万书之书传给我们的天使，'你们太狂妄了！'他对天使们说，'你们竟然装傻，若是没有人，你们和我都将不复存在。'

"然后他又特意对我们说：'为了我存在下去，我已经把你们改造成了一个读者的民族，而非祭司的民族。'

"'这本书使我们不朽，同时也使其自身不朽。'造物主如是说。"）

*

（他曾经写道："永远都不要去了解作为犹太人意味着什么——有多少了解包含在不了解当中——但又得准备因这一隐秘问题的跳弹而死，这就是我们的矛盾所在，也是耐人寻味的起源之谜。"

他又接着写道："……于是，在一个悬疑之夜，犹太民族之所以形成的那些不合逻辑的、脆弱的、持续的过程以一根摇曳和点断的虚线刻记下来。"

有位哲人说过:"啊,从这脆弱当中,我们汲取了多少从未受到怀疑的力量啊!

"确定性中有着大量的不确定性,但却被确定性狂傲地统治着。

"怀疑是检验一切真理的试金石,这既让我们苦恼,又令我们亢奋。")

他说:"你生于化作问题的尘土,死于化作尘土的问题。

"生死轮回。

"单一的多元。"

"造物主"一词

他说："真理是注视'此物为真'的目光，是注视光束的目光。

"静谧的庇护所，被遗忘保护，在那儿，我们躲在百叶窗的后面。太阳将遮住我们的体贴的暗影切开一道伤口，真理就是紧紧注视这道伤口的深长而热切的目光。

"你可以随意用'造物主'一词来称呼这个熟悉的——受伤的——地方。"

他又接着说道："造物主不是真理。他是真理的启示：真理的参照。"

行距：点对点的吸引。

智慧将事物分开。目光则将它们聚拢。但是有某种目光的智慧不但会分离，还会重构出一个团结的假象，那种团结早被目光的智慧从内部攻陷了。

　　造物主对其话语显现出的漠视似乎与词语对词语在书中标榜的话语相类。该话语在极远端被表达出来，并由造物主之名在众多名字中所代表。

　　可造物主疏远书写，与其说他对书写没兴趣，不如说他害怕书写在有他或无他的情况下都能自行完成。

　　缺席意味着抹掉书写，在场则意味着铭刻书写的呼号。

　　　　　　　　（他曾在笔记中写道："主啊，你是因为有我才在世间显现的。但我是不是也单单因为有你才缺席呢？"

　　　　　　就此他总结道："归根结底，如果我缺席的部分——相当于你显现的那部分——与你的缺席无关，那是否说明在这个世界上我只有一半属于你？"）

　　一种缺席联结另一种缺席：束缚的赌注。
　　若"造物主"一词就是赌资，又当如何？

荒漠之一

隐藏起的语言既非双手的语言，也非双眼的语言，而是我们必须掌握的超越行为、超越目光的微笑或含泪的语言！啊，如今，何种荒漠能复活这种语言？

我们以为自己已经跨越了绵延荒凉的地带，话语把我们拽到了那里，让我们在漂泊中见证了其恒久性而大为瞠目。

在此，沉默引着我们进入了它一望无际的玻璃王国，并将我们进入通道的痕迹清除净尽。

……原始的沉默，我们无法逃避。

不要混淆温室和荒漠、植物与话语。沉默提供庇护，流沙耗尽地力。

王者是植物，话语则是尘灰。

口才不再的形象——我们谈的不正是一个明显的相似性么？——不再有代表性。泛黄了。遗忘会有什么颜色？啊，就是这种黄色，苏醒之黄沙的颜色！

　　我的过去大部分都在那里。书写收集着那些固守之物的碎片。

　　书写，书写，书写，只是为了记住。

　　你只了解你毁灭的东西。

拓宽词语的地平线

一

（话语。鹿蹄草①：同属湿地的礼物，长着沙沙响的叶子，绿叶。

他说："大地通过每片草叶、每根树枝、每颗果实向我们言说，天空通过我们散失之话语的无尽沉默向我们言说。"

"那卵石呢？"有人问他。

他答道："在彻底成为卵石之前，卵石曾经为宇宙言说过一次。"

畸形的嘴被自己最初的话语所抛弃，哦，撕裂

---

① 法语中，话语（parole）与鹿蹄草（pirole）写法相近。

的洞窟，遗忘的深潭。）

我们习惯了疼痛。他人让我们对这种痛苦习以为常。

他曾在笔记中写道："书写中，那些吸引我们、抚慰我们、诱惑我们的就是墙，是有待破除的障碍，就像潜水员周边汩汩而闪亮的水声一样。"

眼睛的魅惑。听觉的梦想。

不再看，不再听，不再等待。

下沉。

……却从不以触到水底为满足。

海浪教诲我们。

海浪说，痛苦的跃升永远会高于水底。海浪指的是痛苦的深度。

这一言说被禁言。

透明的时间之墙。

不可言说中，无用之词蛰伏着，日后我们会将其收编。

群星。小星星。

每本书都有其重量。

别指望以图像、沉默或不必要的思考使书变重，也别想以单一的符号使其变轻。

我们可以确定大气的重量，同样也可以确定书的重量。

唉，为达此目的，我们的经验不足，也就是说，缺乏手段。

对被虚空压垮的荒漠，天空即是荷载。

无论苏醒或睡眠，均须承担整个宇宙。

他说："一部沉甸甸的书轻过蓝天。思想如空气。书写让我们得以辨识其难以察觉的脉络。"

掌握词语间固有的顺畅表达：此即言说和书写的困难所在。

没有词语是平庸的。平庸是因为它们难逃损耗。所以问题不是于平庸中拯救词语，而是掉头走向词语，如同走向共用的炉灶或磨坊，因为每个人都必须以其劳动向领主支付佃租。

啊，有谁会来评估所有这些亏欠沉默的佃租？

支付了佃租，方能继续生活。

从这个意义上讲，书写是否意味着确保分期分批偿还这笔我们明明知道永远也无法清偿的债务？

二

> 下沉。
> 无尽的
> 灰烬。

死亡，如同天空，在下面。在梯子底部。顶点上，是双翼，是灵魂，是生命。

坠落，意味着垂直穿越死亡。

坠落吧。墓穴：呼唤我们去填满的洞①。

墓石无法使记忆不朽，它只有永远张开大口的洞窟。在此，你将像透过望远镜那样去凝望宇宙，凝望绵延不断、永无止境的昼与夜。

明天是一枚瞩望的果实，我们的手早已准备将它攫握。

黑暗之鸟栖身黑夜。

额前有星星。

梦中，你在它们展开的双翼上行走；清醒时，你在它们大片遗弃的

---

① 法语中，动词 "tomber"（坠落）在命令式现在时第二人称变位时与名词 "tombe"（墓穴）的读音相同。

坚硬土地上行走。

哦，孤独的世界。

蓝天或许是黑夜的反面。可谁又能翻转被墨水染黑的词语？

此时，书写的每一笔都会开启词语守望的新的一天。

我们永远不会放弃希望。

觉醒

该来的必然会来。

注定要来。

……话语由一个迷失的话语前来为它松绑。还它自由。

翌日的话语。

遗忘不是记忆之洞，而是原初秘洞，泉水从中喷涌。

他说："秘密本在源头，秘密变为语言，语言捍卫秘密。"

甘雨与光结合。清晨是慷慨的馈赠。

……但泪水流淌在所有这些文字之上，让咸味的水幕后的文字变得含混不清，什么样的天赐的阳光会晒干眼泪；什么样的想象中的鸟翼会扑打我们的眼睑；什么样的清风、火焰、沙粒会留意到我们的呜咽？

布满石子的荒漠之门槛便是我们的哀痛中嶙峋的沉默。

忘记曾经催生文本的文本。我们以这一遗忘开始书写。

他说："地平线上有许多话语，但路途遥远，难以捕捉。这些话语是光。它们披挂着空间给予它们的色彩，向我们传递着讯息。

"啊，在一个永远也听不到的词语的最初和最后的变化中去发现、追随和冥想它吧。"

（刚刚苏醒的宇宙伸懒腰时，便是双重的觉醒：哦，对话！我们又会合了。）

他还说："一本书面向秘密敞开，又面向秘密合上。

"但阅读只能确认它是否敞开。"

他又接着说道："……或许，这就是那个秘密。"

他曾经写道："鲜花绽放并非敞开的意象，而是闭合的奇迹。

"一株玫瑰生长起来，就向世界关闭了。它死后，被奉献给了空无。"

失眠

......无法入睡的焦虑与不愿赴死的难言焦虑同为夜晚的孪生姐妹。

永恒或许只是时间不断面对其迟迟不得终结的焦虑。

他说："我最怕的是有很多次死亡，而我们永远也无法确切地知道哪个才是终极之死。"

那本书或许只是被破译的失眠之书写。

他说："睡眠肯定是死亡勾引我们的手段之一，它通过提供法定休息这种幸福，以一种最直接的方式让我们接纳了它。"

他接着说道："但睡眠既不是死亡的预告，也不是死亡的门槛。它是肉体入睡时灵魂得以漫步的那种惬意的林荫小径。"

所以，当失眠意识到自己不受待见时，就会一变而为死亡失控的愤怒，而不是生命惊起，与嫉恨的光搏斗。

除非这两种情况同时出现，但只是在假设两个不共戴天的死敌相互串通，殊难被双方接受。

> （他曾在笔记中写道："死亡知道自己是在消耗生命。
>
> "却不知道没有生命它也会死去。"）

生命的时间不过是为了让人死去而分配给人的时间之生命。时间——我们的时间——无论让人喜爱还是令人憎恨，都让我们如飞蛾投火般无法掌控。

不朽或许只是死亡的一次快乐的消遣。

被动能否成为躲避或回避的通道：不能通行的通道？

我们不会死于所有字词。

历史允许我不将自己考量在内。

笔记之二

在门槛上孤零零地对既往言说，对曾经存在的言说，对将要发生的言说。成为自身的传说。

逼近真实：字词的使命。

他写道："我们共用一种语言；你用它，是想说明你是谁；我用它，是为了知道我是谁。我们俩都错了；或许正因为如此，我们才能相互靠拢。"

他说："我的母语是一种异乡的语言。有它在，我和我的陌异感很默契。"

他又接着说道："我用一些异乡词语精心创造出我的语言，好使它们情同手足。"

他以前不是还曾经这样写过么："我没有拿走你的灵魂。你的灵魂是我给你的吧？"

何谓异乡人？就是让你觉得你好像是在自己家里的那种人。

（创造是光明与黑暗的游戏，是战场与后方的游戏。

可界限由谁划定？

哭与笑——啊，我所有的书在"书写"一词中变得模糊不清。

好生照看种种矛盾。

在*虚无的边缘*。）

再现的纸页

话语不会导致沉默，反倒会为词语做好最初的准备，此即对话的基础。

犹太人对话时，犹如一个人已准备好洗耳恭听：每次他都恰逢其时。

对犹太人而言，走向源头，意味着借打通一条回归往昔的通道开辟出自己的未来之路。

他曾在笔记中写道："我们从两口水井中汲水：实际上那是一口水井。"

唯有书证实了造物主的缺席。

透明性只有对透明之物而言才是确切的。

你在测试沉默，而沉默用你自己的手书写。

你得有多么超卓的听觉，才能在词语中听到沉默啊！

他说："造物主没有创造宇宙，却设计了空间。哦，虚空神奇地准备就绪。"

他又接着说道："观念窒息是因为人在自身窒息。二者的盛花期总是缺少必要的空间。

"思想在本质上是神圣的。其不幸也是神圣的。"

他又说道："犹太教证实，成文表达是口头表达的一部分，口头表达也是成文表达的一部分；因为对犹太人而言，*话语就是书*，而书则是对其命运的不断复读。"

*

日期不详

他曾经写道："犹太人未来会面临诸多灭绝的危险。死亡的威胁便是其无声的酵母。"

从特定到非特定的通道，从沙粒到荒漠的通道。

这个夸张的维度与其对象不成比例，不过这并不过分，因为它是富足的保证，是必要的条件。

他说："限制是锁。无限为钥。"

从自我到无穷的通道，自我在其中消融。

因此，犹太人把"犹太人"一词变成了另一个词语，用以解决犹太人的现实困难——一个超越了所有属性、肯定的同时又巧妙地否定了后者的非属性的词语。

他在笔记中写道："那个不可妄呼之名至少将被呼喊一次：在我们的名字即将于熊熊烈焰中化为灰烬之时。"

日期不详

> 他写道："造物主所说的'我便是那永在永为者'是什么意思？除非他是在说'对有些人，我是光；对另外一些人，我是黑暗；对所有人，我是未知'。"

> 逼近白昼。那逼近的也是光。

> 他说："黑暗无法质疑光：它是光之夜。"

> "是谁在我们思考的时候思考？"他问，"我们被思想层层包围，有位哲人曾经说过，我们都是思

想的窃贼。

"我有这样一种感觉：思考的过程中，我们向四周辐射出一系列想法，而这些想法都涵盖在我们追求的那个思想当中，如同孩子们追逐一只迷人的蝴蝶。"

他说："轻灵啊，我们的律法轻灵如斯。它高悬在我们的头顶，思想在它的卓荦之中维系着它，从来不是负担。"

他又说道："我们必须认识到自己终有一死，否则无法思考死亡。

"这也解释了为什么死亡从不值得造物主关注。"

一位从大门进来并因其智慧而发疯的哲人曾经这样写道："造物主之生，造物主之死，造物主自己并不知晓。

"或许，正是这一空白让他不朽，正如我们的终有一死应归功于我们知道他的无知。"

"可怜啊，可怜的人，"弟子们评论他说，"他随小舟沉浮，却分不清船头和船尾。"

他嚷道："啊，我的主，对你再简单不过的事，为什么对我们却复杂得不可思议？"

难道他那么快就忘了自己曾写下的这样几行文字么："造物主对他的造物说：'我变黑暗为光明，又变人的复杂为神的至简；可光明对我依旧是谜，而至简犹则如一条死胡同'。"

日期不详

我的目光停留在他的这段笔记上："造物主说：只有摩西与我相似。我曾想让他像我一样缺席：从那本书和闪耀着我之话语的光辉中缺席，从他遵从我的意愿、带领我的子民抵达的大地门槛上缺席。"

"因此，在我所有的造物中，他与我的关系最为密切，受的苦也最多，因为我所同意让他分享的缺席正是我的无限痛苦。"

摩西的缺席便是律法的真实。
在此缺席之上，造物主被书写。

门徒们聚集在老师四周，问：

——我们是亚伯拉罕的子孙，是你让我们读到的。

——我们是以撒的子孙，是你让我们读到的。

——我们是雅各的子孙，是你让我们读到的。

——那我们不也是摩西的子孙么？

老师回答："谁能声称自己是某个话语之子呢？

"用大地的语言与天空对话，用天空的语言与大地对话。造物主之后，还有谁能做得到？"

他曾在笔记中写道："歃血立约之血，不过是可以辨读的黑墨水。"

日期不详

他曾经写道："你在哪儿？对造物主的这个问题，那人①答道：我躲起来了。他是不是想说，我把名字藏起来了，心中却在揣测造物主是否想通过他的名字呼唤他？

"我是这样来解释亚当的回答的：我和你一样，也把自己的名字藏起来了，可你永远都看得见我。因为亚当的否认可以归结为如下一点：

"我曾经两次想避开你的脸，首先是避开你的目光，其次是既然避不开，就索性避开自己的目光。"

他说，我们是造物主的畸变，就像色彩、温度的变化和反射一样，都是时间的变形，在此，时间不再自我书写，而是由我们的感官书写。

---

① 指亚当。

写作带给我们冷与热，激励或伤害我们的双眼，让我们的反应灵敏十倍，并且无所顾忌地遮蔽和暴露我们。

但写就的东西一旦不再自我书写，难道就不会发生变化而只是一味重新书写么？

他说："生命中离散的那个'我'和那个'你'——哦，完整的形式——将在死亡中庆贺其团圆。"

心灵踟蹰于闻所未闻的事物之前：水晶，水晶。

"你在哪儿？"对人的这个问题，造物主答道："就在空气是虚无而虚无是空气的那个地方。

"你因这空气的纯净而生，也将因这空气的不纯而死。"

日期不详

造物主问该隐[①]："你做了什么？"他想问的是："你的名字与我的名字相连，而你的名字上沾满了你兄弟之名的鲜血，你用它干了什么？"

该隐玷污了造物主不可侵犯之名，同时也玷污了他他自己的名字。直至时间终结，他的后代都将背负起对这一行为的悔恨。

我们就在这悔恨之上书写。

[①] 该隐（Gaïn），亚当和夏娃的长子。据《旧约·创世记》第四章，上帝偏爱其弟亚伯（Abel）的供奉，该隐出于妒忌而将亚伯杀害，被罚永世流浪。

（书写在努力与虚空妥协时化为暴力。此即书写的绝望。

该隐回答说："我岂是看守我兄弟的么？"这句话完全可以翻译成："我岂是我兄弟的话语么？我无权表达我自己么？"

赞同另一个人的话语，意味着以某种方式放弃自己的话语。

以暴力对抗暴力。

语言导致冲突。它是我们有限之本质的充满火药味的表达。）

"情郎永远无法预知心上人会如何感受由心上人激发出的那些爱的话语。"

他接着说道："……是我们热盼的那些情话么？啊，那些情话，一次就足以陶醉我们的心。"

造物主超越爱情。

他是爱的彼岸。

缺席：感觉的曙光。

"光的现实便是黑暗，"他回答说，"而我们甚至全无察觉。"

日期不详

"律法超越我们，"有位哲人说过，"又把我们甩在后面，这是因为，如果我们的过去全在律法的所有词语里——有时也在律法的沉默里——那么我们的未来就全要仰仗痛苦或喜悦的眼泪复活那些词语，如同动植物都需要水一样。"

他又接着说道："我常常自问，为何只有在悲喜之际方能阅读摩西律法。我的回答是：因为我们是其救命饮剂，就如同它是我们的双重天际一样。"

这部律法在我们的注释中是看不到的。它在词语和词语之间构成强大的空间。时而在后，时而在前。

他曾经写道："我的律法便是我的财富和那本书。我的书便是我的贫穷和我的律法。"

我的手——即心灵之手——掌控本书，而我的律法——即成文律法——掌控我手。

（——何谓律法？

——对话的开端。

——何谓对话？

　　　　　——律法的开端。)

咄咄逼人的话语面对矜持的沉默。

造物主曾不止一次惧怕造物主。

他说："蜜蜂和母羊让律法致富。一个提供蜜糖，一个提供乳汁。"

后来

　　——你在那儿么，回答我，你在那儿么？我还能怎样确定我的存在呢？

　　他写道："造物主永远不会知道自己是谁，因为他以自己的身份深藏于自我无可衡量的缺席当中。"

后对话

永恒并非渴望的事物，而是在渴望的事物中永远值得渴望的。

存在有待未来。

从时间的控制中拯救对话，不使其带有个性色彩。

所以我们只能在词语的内部言说。

他说："问题不是由外海而是由母港悄声提出的，不是由大洋而是由铁锚提出的，不是由地平线而是由防波堤提出的。

"过去的教训成为经验，真理以此为据。

"难道所有真理都只限于昨天么？

"我们是心心念念奔赴未来的，但我们的悲

剧——哦，太讽刺了——在于，我们总也找不到真理。"

问题不是真理重要与否，而在于我们如何运用真理。

真理无面孔。若把我们的脸借给真理，它就容易变质。

他曾经写道："我们不能把神圣的真理变为人的真理。果真如此，我们就害死了真理。"

"我相信"的意思是"我对……有信心"——即充满信任——而"我相信……"则意味着"我想……""我觉得……"或"我的意见是……"。

这样一来，真理的性质就变了，从能够正常唤醒我们的确信变成了怀疑的种子，并以真理的名义盘踞在我们内心。

他又写道："造物主不是我们的真理。他的真理不涉及我们，可莫名其妙的是，我们那些混乱的真理却把造物主的真理当作不容置疑的模板，有时还当作它们不在场的证明。"

我们与知识之间的联系总是受到威胁，也可以说：正是这种威胁构成了知识的核心。

他说："我渴望认识自己。所以我渴望死去。"

终极知识便是遗忘。

缺席：神圣的手段。

思想未思考过自己知道些什么。它只会思考那些它不知道的事物。思想所强化的正是见识的无知。

头脑的未来是既定的。

问题像蜂巢。思想是其定量的蜜浆。

蜜蜂。蜜蜂。

创造不意味着肯定创造，或者说，它是通过创造的对象而否定创造的，是在创造大行其道之地以其人之道还治其人之身，有如珐琅工艺须借助二次回火一样。不论这种方式那种方式，否定总是以诉诸火的方式传递。

你阅读赤裸。

（石头不会为世界的痛苦而感动，却会在某处淌血。

——我原本梦想的是一本静谧之书，不承想递给你的却是一本焦痕之书——一部烧毁的书。
——或许因为静谧是话语荒凉的海岸，而你一直在浓雾中徘徊。

他曾经写道："我的骨灰不会撒向大地，它将随风飘荡。"）

没有无限，只有藏匿于不可言喻之物背后的东西。

死亡不闻：它听得到你之所闻，是你的耳中之耳。
死亡不见：它看得到你之所见，是你的眼中之眼。
死亡不言：但它就是你的话语，是你的声中之声。

他说："写作是一种实践。是一种创造的实践。"
他又接着说道："如此说来，写作有没有可能意味着跟随字词而获得了某种发现的诀窍？"

声音使我们从符号中分心，但它只能与符号一起共鸣。

有位哲人教诲我们说："你以为自己发现了什么。但你打开的是无形之门，进入的是一间空屋。"

丑不犯美：丑令美好奇。

找到恰当的表达方式和音调：这不仅是写作的艺术，更是生与死的艺术。

美与丑、真与假、善与恶，其边界太过模糊，动辄反复无常。
一根解开的线。

（他说："书占有我的生命，但并不能延长生命。

"它已然是另一本不同的书。"

曙光之思：不可预知的白昼之光。）

进来吧，不管你是谁。我迫不及待想要告诉你，你从第一天就知道了这一点，也知道了要回答我的话，这些我早就琢磨透了。

你来了，这不就是最重要的么？无论多远，无论多近，我都见不到你——可我不是看见你了么？我也听不到你，可我不是陶醉于你的声音了么？你的来处如此之近，已分不清我的灵魂和你的灵魂的声音；你的来处如此之远，又把世界缠裹于你的沉默中，使世界如你一样缺席。

别动。我要从你的身上得到一切答案。你既是例外又是规则。

无论你在哪儿，你都是我的救赎。

……这个走向你的动作贯穿书的始终，我阻挠过么？我紧跟它的律动。如今我知道，那种稳定的节拍便是我生命的律动。

（他说："我的心在每个字词中跳动。你注意到了么？

"你如果从未担心过我语句中或疾或徐的脉动，那就说明你对这种脉动和我的作品一无所知；

"因为在生命中，心是爱情、仇恨、反抗、欢笑和苦难的战场；因为我们的躯体是语言的肉体宇宙，而我们的精神则是其令人心动的无限。

"书浏览我们。"

深渊

深渊若不是虚空对山巅的否定,又是什么?

他说:"光既不承认断层线也不承认峰线。

"相反,黑暗随时准备一分为二,忽儿想做星星的摇篮,忽儿又想成为卵石的坟墓。"

他又说道:"这部空白的书里,原封不动的词语的空白为我们保留了怎样的空间?

"我们以自有的理由占有了这个空间。

"这种勇气为我们求来生存之机。"

他接着说道:"空白是为写下来的词语而存在的词语。"

"未知,"他曾在笔记中写道,"或许就是在你的所知中有待明确的事物。

"因此，知识不过是我们永远无法拥有的普世知识中所揭示出的那一部分而已。

"深渊。深渊。"

他说："从一个句子到另一个句子。从一条线到另一条线。

"上方，是过去；下方，是未来。"

他接着说道："顶部，是光。底部，也是光。"

他曾经写道："我书中的词语列队将我囚禁在瞬间的铁窗后面，而书页如果没有文本千辛万苦想要守护的原始空间——我的自由——很可能会成为我的牢狱。"

他又说道："那个被夺走太阳的人没有得到作为交换物的月亮。

"从此，他的天空再无丁点儿星星。"

但有人告诉他说："别信这个。他曾收到过一颗布做的星星，就缝在他的胸前，他因这颗星而死。"

（假的不会与假的相似。否则就会以假乱真。

人可以编造一套谎言。人总要服膺一个真理。

我们不创造真理。是真理创造我们。

我们借真理而逃避谎言，犹如我们与生命联手而远离死亡。

造物主跨越两个王国，他是边界线上的记忆。）

那个不再言说的人突然大叫："光"，光的亮度让他不适，于是他背向清晨逃走了。

那个不再言说的人突然大叫："深渊"，"黑夜"，于是，词语附体，他感到大地在自己的脚下开裂并随即沉没。

那个不再言说的人突然大叫："空无"，他一碰到这个字词，随即在时间搁浅的虚空中解体。

话语蓦然现身之地，凶多吉少。

他说："写作，不是要命中靶心，而是要让自己在词语落脚之地成为这个靶心。"

荒漠之二

你大可把荒漠想象成一个没有角的矩形，也可以把它想象成一个没有外廓的圆形，但从不会把它想象成一个正方形或三角形；若把它想象成正方形，你的记忆立刻就会为它筑起高墙壁垒；若把它想象得近乎三角形，就等于为这个不定型的记忆提供了一个基座和尖顶。

死亡像个旋涡，生命或是气流，或是涌浪。

生命在最为剧烈的裂变期间是被动的，死亡在生存的激情中是主动的。

荒漠为我们提供了一个扁平的、静止的永恒形象。

我的路可有尽头？

有位哲人说过："沙尘暴弄瞎了我们的双眼，那是为了教诲我们走路时要低着头，踏着前行者的足迹行进，因为目标只在目标后出现。"

绝望孵化希望，如同被猎人击伤的苍鹰在山洞中孵化被血染红的卵。

他说："荒漠中，当你听那颗沙粒给你讲述每颗沙粒的故事时，你就会知道自己终于成为无限的聆听。重新做好准备吧！"

那游牧者抓起一把沙子，说："这是我的生命。"然后他用另一只手重复同样的动作。"这是我的死亡。剩下的都是蜃景。"

了解我的人还有什么可补充的么？
啊，这个"还有什么"便是空无的权力，语言的无能。

对话

一种无垠的、从未感知过的甜蜜沐浴着世界。
它为花儿喂饱了水，再把花儿送归芬芳。
露珠。

"什么话语能逃避书？"他问。

有人回答他说，"只有一种：那个逃避自身的
话语。"

一个真理与另一个真理之间的差异只能通过其不同的宿命才可辨别。

他说："既有新生的真理，也有垂垂老矣的真理。代复一代的冲突使它们不堪重负。当代的真理通常很难不囿于古老的真理。

"如果我们知道有哪些真理必须捍卫时，我们就会出手干预。"

不可接受与有意接受之间往往没有界限。

不要试图在你邻人的脸上找到你的脸。你既不会看到自己的脸，也不会看到邻人的脸。

火仅仅是那个使它化为神圣的符号：燃烧的符号。

你把书读出声来时总会慢半拍。这正是朗读本身破译的结果。

声音记不住任何事情。其中有些我倒还记得。

虚无不是死亡的对象，也非生命的安排，它是一声叹息，是呼吸中的一道微创的伤口。

生命善待面孔，死亡令其凋零。

"仍在写同一本书么？"有人问他。

"仍在写同一本书，尽管这已经不重要了。"他回答道。

他曾在笔记中写道："写书绝非自恋，相反，它要顺从文字的压力——书写不仅能为我们复原忠实的形象本身，而且可以通过我们的阅读，使书写建立起来的良性对话得以维系；其页面之所以如此安排，是因为一旦翻过了第一页，剩下的纸页谁也不能回避已安排好的与之相对的一页。我们就是这样达到了蒙骗我们的孤独这一目的。"

"对我来说，不能爱上一个逝者似乎有失公平，"他说，"死亡，意味着瞬间夺爱，而我们终此一生都是爱的对象。

"亲人过世，让我们遽然天人永隔。我们哭泣的是那个存在过的人，而非他托身的形象。所有的爱，一切的依恋，都是生命的情怀。

"但，或许，死亡不是别的，只是爱的戛然而止。"

我只能感觉到聒噪的话语在我周遭逐渐升腾。话语仿佛一波波掀起的海浪，扑上礁石，撞为飞沫。哦，书的残骸中，每个字词都发出刺耳的呼号。

我逃走了，忘了人终难逃一死。

他曾在笔记中写道："最后之书也许是被某个异乡人抛进大海的一

封哀婉动人的信，我们任其在漂流瓶中随波逐流，因为我们害怕在一个个体生命死后，在其透明的叙述中读到蒙羞而死的所有字词。

"书并非从空无中拯救我们，而是从书中拯救我们。"

死亡所遭遇的取决于即将来临的死亡。

他又说："我们把死亡想象成了一架台钳，而它却像麻雀的羽毛般随风瑟瑟。"

——天空的孤独是一颗星的孤独——孤独的白昼，孤独的黑夜。而大地的孤独则是一块石头的孤独——一半在空中，一半在泥里。

——那么人的孤独呢？

——……或许是这两种孤独组合起来的无垠的孤独。

缺席中缺席的喧哗。

隆隆的深渊声。

在一片片荒漠接壤的弃绝的疆界，对话终结了，但空无将继续对虚无言说，尽管没有我们。

温煦的气息——复活之话语的气息与冰冷的气息——因不满足而沉默的气息之间的抗争。

（你不会被忘记。

此即两难的境地。）

第三卷

旅程

……我们以为能从自己的作品中获得知识，然而却没有一样知识来自我们的作品。人是不可能认知连自己都不了解的事物的。

诘问书。诘问犹太教。诘问犹太人之书，与其先拟定问题，不如直接向书和犹太教提问，因为犹太教和书就是向此二者提出的问题本身。

书在写作过程中会发生变化。所以，同一个文本会有不同的版本。

我们读的是哪个版本？

人读的版本是不可读的造物主之书么？造物主读的版本是不可见的人之书么？

我们能传达的只是我们破译出来的，我们能读到的只是我们誊写下来的。

作品证明，阅读曾经存在。这是活生生的确认。

如果颠覆仅仅是一部有待重写之书的地下版本——原始版本——亦即造物主的版本，而且是一部声称其他版本均系赝品的子版本 [①]，该当如何？

　　造物主从不曾写作。他为了掩人耳目而允许人书写。

　　我思考，为了不死于我之死而死于我的思想之死。

　　我书写，为了不死于我之死而死于书之死。

---

① "sub-version"（子版本），这是雅贝斯的一个文字游戏：他将 "subversion"（颠覆）一词拆解为 "sub"（法语介词，表示 "在……之下"、"次／亚／副" 和 "近似／大约" 的意思）和 "version"（版本）两部分，从而组成了一个新词——子版本（sub-version），使原词词义发生了变化。

溯本求源：此乃一切源头的天职。

真实在自我讲述。这是一个生命的故事。

每个人都有自己的真实，都有自己从未讲述过的故事。

死亡一旦被书写便不再是死亡。它是公认的生命：集聚并消散着的那个事物。

从一道深渊到另一道深渊，我们的旅程始终是书的旅程，是一次从尚未确认之死到确凿无疑之死的旅程。

空无呼应的唯有空无，造物主的参照物唯有造物主。

对犹太人来说，起点和终点模糊不清。

此二者都存在于"犹太人"这个孤独的名字当

中。一本书中的第一个和最后一个词语，其余的已被悉数抹去。

假如犹太教每次都因醉心于新的地平线而无所顾忌地抛弃我们，我们该怎样以可持续的词语描述我们与犹太教之间这种渐进发展的关系呢？

未知的即是犹太教的记忆。

是否存在着某种死亡之书写呢？

答复本身就是一个问题：是否存在着某种死亡之思想呢？

成为死亡，但怎样才能做到让死亡召唤生命赴死呢？

我们的所有作品或许就是这一召唤的乱人心智的回声。

虚无创造不了虚无。

我们可以虚构一切，唯独虚构不出沉默：是沉默虚构我们。

如果缺席是某种思想，是某种关于缺席的思想，该当如何？

那我们也只能与之打交道。

造物主的书或许就是书日夜萦怀的计划，我们和从书那里借来的词语正在拼命实现书的这一计划。

我们是不是只有读懂这个神圣的计划，才能承担起阅读作品的重任呢？

弁言

这些书页上充满了思考和执着的诘问——思考和提问也许不过是提供给思想的养料，或曰某种表达——它们是从某本暂停写作的书中保存下来的。在这些书页上，确信与确信互为敌手；在这些书页上，一无所有的犹太人和作家出于对文本的共同追求，正为求索他们的真理而前仆后继。

书，既近在咫尺，又远在天涯。

如果"试验"一词从一开始就能在其严格词义上避开那种自相矛盾的挑战——既要在写作的高潮实现与书的结合，又能达到减少制约的效果——果真如此，我更乐于将本书视为一项试验。

异乡人

如果"我"果真是"我",那唯有某个异乡人才会愿意使用这个词。

为最终能成为自己,犹太人必须毫不妥协。

"异乡人中的异乡人。"我有一次就曾这样写道。

凸显者不落窠臼。

唯匹配者相似——有如一把钥匙开一把锁。相互之间的雷同塑造了我们。

钉子因钉孔成其形象。慧黠的镜像。钉孔以钉子作为抵押。

在你眼前的,有赖于你的形象;在你身后的,有赖于你既失的脸。

失去土地，意味着失去自我。但无论什么时代，没有祖国的犹太人都从未迷失过自我。深陷困境的同时，他通过阅读自我而找回失去的东西。

犹太人之间的相似可能基于如下事实：无论何时何地，他总会受到那些勉强容忍自己的人的冷落。对犹太人而言，尽管他并未刻意混同相似与团结的含义，但这种典范式的团结便是对相似的认同。

生命的空间尽管逼仄，却是属于他自己的空间。

他的书超越了他黑暗的世界。

说到底，犹太人之间的相似或许只是某种不被认可的非相似，而犹太人与这种非相似达成了某种默契。

从此，异乡的话语被赋予了个性，在把我变作异乡人的同时，让我更为接近方式各异却安于此类处境的人们；因为在流亡者之间，某种类似的归属感——其间的默契不可否认——有如溪流般交汇。

我们因这种非相似而成为遗忘，早熟的希望正从这种遗忘中萌发。

特异性具有颠覆力。

勠力图存者，必自我书写；心灰意冷者，必被书写。

渴望中，某种共同的期待将灵与肉结合起来：此种联系即意味着生命的赓续。

期待。默契。

肉体是时间的作品，心灵是无限之时间的玩偶。

我心非我躯，我躯栖我心。

抵制圆滑的诱惑，抵制成为项链之珠的诱惑，唯愿与路途中的颗颗卵石为伍。
出发。

生命不相容。瞬间与瞬间不兼容。
而书写是界限顽强抵抗限制的碎片式表达。

变不平等为平等并使之合法，但要抵制任何空谈的盲动。
律法是和谐的阶梯。

肉体受制于时间而中止，精神则是持续中的自由。

这绝非指鸟，而是指云隙。

如果死亡是周而复始的同一个色系，且其在天边的某一维度上平淡无奇，难道就不会有人知道何种死亡是最后之死么？

宇宙靠程序维系。

你以为自己一览无遗。其实你一无所见。不必留意于细节。眼睛洞察一切。

但细节无所呈现时，何谓细节？

这并非"无法言说"在此言说，而是"不可言喻之一切的言说"在此言说。

什么东西能以其薄薄的锋刃将字词一击毙命，除非我们突然清醒地意识到那个字词毫无用处？——哦，匕首。

多少次，我们出于信任与尊重而听任话语舌灿莲花，却发现它似乎突然与卵石换了位置？

石头是被空无变得沉重的字词。

死亡使众生万物僵硬。

将自我和他者兼于一身，是否是为了避免成为单一的自我或绝对的他者？出于友爱，我们每次都必须放弃部分自我，那是我们的一小部分自爱。

缺席雕琢我们。在场展示我们。
两次缺席的是犹太人，两次在场。

两种汇集起来的孤独永远不能构成同一种孤独。

……短暂的瞬间，我们曾渴望永恒，却忘了永恒曾拥有并吞噬了那些瞬间。
一个潮湿的词语便是一个燃烧的词语：同一个词语。
如果沙与海的对话仅仅是死亡的空间独白，该当如何？

造物主不存在，但他的话语存在。

再从头开始从事那件死亡的精细活计吧，啊，具体地说，难道就是：书写？

造物主早已成就的事业将由你去完成，即实现他的孤独。
神圣之书于此开启。
它将在人之书后书写，而人身处造物主之书的阴影之下，还以为早已写完了自己的那本。

任一词语只要在任一本书的任一纸页上露面，宇宙便即刻存在了。

但这个奇妙的、被赋予了如此权力的字词，其稳定性不过是风中尘埃。

许多奇迹都会被大多数人忽略。

如果只有未来才能告诉我是谁，那我怎样才能知道自己是谁呢？

明天不容诘问。

命名意味着个性，题名则意味着丧失个性。

这便是"我"与"他"之间的差异，是水道与银河之间的差异。

迁徙中，流亡中，这是个在称谓中被忘却的名字；虽不是对那个名字的否定，但却是否定中的那个名字。

所有门槛，所有天空。谁能为永恒和无限命名呢？

不可思议的事物绝无符号可以指代。

开端

太初，有了乌托邦。
而乌托邦即是图像。

太初，有了虚无。
而虚无即是沉默。

太初，有了沉默。
而沉默即是遗忘。

哦，荒漠！真理乃真实之蜃景，宇宙则是一个
真实的世界打造出的梦。

也许，书写仅仅是字词的不真实与书的真实之
间的迎头相撞。

在高擎的火炬照耀下，它们穿越黑夜。

它们的信仰如此伟大，是否会想到将与火炬一同燃尽？

……而且，这巨大的火炬是否就是它们的记忆？

名字

造物主命名。书取名。

没有借来的名字，只有标记出的名字。

哦，踪迹，永恒的踪迹。

命名的衰朽。取名的狂悖。

"非"这个前缀无疑引人注目[①]。

深度谛听有时会颠覆听觉。

我在"命名"中同时听到了该词语的无数开端及其必然的归宿。有

---

① 法语中，前缀"dé-"是一个介词，表示"分离/去除/解除"的意思。若将"dénommer"（命名）一词拆解为"dé-nommer"，其义则变为了"非命名"。

如在河畔听闻水流喧豗。

对象一经命名，即因我而存在，再不会像缺席时那样我行我素，因为它在未获命名前须随时准备接受命名。

"非命名"或许仅仅是名字的破碎；它是否定性的，但也是无可争辩的主动性的表达；"非"既表示失去，也表示扩展。

与词源决裂的同时——我如今对此早已无所谓了——我领悟到"命名"这个词其实就是在其双重的忠顺之下由"击败"和"炫耀"这两个词构成的一个词语[①]。

有时，相反的事物之间的结合令人瞠目。

世上所有的能量都在随机的决断中碰着运气。

秘密·字母

苏美尔文字[②]是书面文字。

---

① 法语中，"命名"（dénommer）、"击败"（défaire）和"炫耀"（déployer）三个词均以"dé"开头。

② 苏美尔文字（Sumérien）是历史上两河流域早期的定居民族苏美尔人发明的一种楔形文字，是已知人类最早的象形文字，大约起源于公元前 36 世纪。近代出土的楔形文字文献表明，这些文字均抄写在泥版上，其中约 90% 是商业和行政记录，其余为对话、谚语、赞美诗和神话传说的残篇。

在苏美尔，造物主在字母中隐而不现的同时，
揭开了自己的部分面纱。

字母之前，就有了词语；词语之后，就有了世界。

亚当遵从为其命名的造物主的意旨，开始为万物命名。但那时他还没有学会拼写。

他命名了植物和矿物、动物和昆虫。他命名了水和火。他命名了平原和山脉。

他是从上天得知这个名字的。

空白将他与世隔绝，又以字母创造了一切。这个"一切"是一把钥匙。

如果说，由于有了这个空间，才能在限制该词语自身的同时又将它与其他词语区分开，并借助其思维载体巩固了该词语的地位，进而促进了该词语的发展；如果说，由于有了这同一个空间，才使字母的完整性在字词内部得以确认并与其命运完全契合，这是否就可以说明，这些有益的——必不可少的——空间有时显得过于偏执，过于强势？

那么，我们可以在虚空中去想象一个唯一的词语，一个唯一的字母。

某种被切断了源头的、孤独的词语或字母是有可能存在的。

词语诞育词语。只有新生的词语才会挑战自身更新后的状态。而文本早已在挑战四周安营扎寨，从造物主如今的隐藏之所喷发而出。命名

只会导致对主题或已被命名的客体的剥夺。

若书写是已播种的土地，词语便是焦渴的种子。会有多少幻觉——多少匮乏——令书写无所适从？

书写释放出巨大的激情。但死亡战胜了书写。在欲望的心中，会存在病态的求死欲望么？

若字母仅仅是那个名字的秘密，造物主是不是对该秘密属于被动地不知情呢？

作为起源，他是否会承认太初在作为源头被认知以前早已开始了运行？

在揭示源头的同时，造物主放弃了那个名字。

人在沮丧中发明了符号，最初只是某种象形符号，用以表达探寻自我时无法言表的事物。

象形即是符号所应和的那个图像，后来，符号取代了象形，以便登上字母尊严的顶点。

如果字母所获得的关注仅仅是那个秘密加之于我们身上的神圣诱惑，该当如何？

真相是秘而不宣的。我们会热切地去质询字母，因为字母既是秘密的守护者，又是通过难解之谜而成为有待征服之词语的创造者。

如果写作仅仅是让词语卸下其秘密的重负，该当如何？

如果造物主急欲检验人的才能而刻意遮挡了那个字母，以期最终能借助于他的造物的双眼，在他的名字之内去阅读自我，又当如何？

如果那个从未留居于词语内的秘密便是该词语本身，再当如何？

果真如此，那个万名之名就会以其至高无上的威权，作为那个秘密的名字和那个名字的秘密，即刻展现在我们面前。

语言的软弱。

生命·点

太初，有了生命，随后，生命变为语言。有一次，我无意间写下了这样一个词语：草语[①]。

草叶是第一个印记，它腼腆地宣告那个神圣的话语即将来临；其可预见的——自然的——后果便是：它是某种书写在文字出现以前的不可靠的机会。

随后，造物主缄默了，草枯萎了。

---

① 草语（V'herbe）一词为雅贝斯自创，在"herbe"（草）一词前加大写的"V'"构成，读音一如"语言"（verbe），以此暗喻语言与自然界和生命之间的关系。该词在汉语中找不到对应字，姑且暂译为"草语"。

但荒漠是造物主之书。他将自己的形象祭献给了荒漠，并拜托每个字词最终能恢复他的形象。

天风荡过书页，挑战书页的暴怒；它久久席卷着黄沙，在破坏之后停歇。

这就是有人讲给我听的故事。

太初，有了无踪的轨迹。造物主以他的食指指路。他为阅读确定了方向——程序——让人以此为律，他自信一切都已设计停当。

书，并非沙之书，而是以缺席之词语所敬畏的沙构成的书——书通过书中的字母呼吸，就像皮肤通过汗毛孔呼吸。

词语缺位期间的书，各种传说在其中若隐若现。未来在此接触到了往昔。

被黄沙掩埋在圣名荒漠中的某个名字之书。造物主在此迷路，逃过了自我之死。

这就是有人讲给我听的故事。

太初，有了黑暗，书的黑夜。
在亚当眼里，一缕微光在自身闪烁，在反省。
这缕微光便是那把钥匙么？

如此说来，那把钥匙在太初时就该亮相了。那缕微光以一己方式逐渐长大，与智慧树上那枚令人垂涎的果子一般无二，浑圆得像一个点。

后来，犹太人猜到了，那个点，其实就是先于元音出现的元音，是先于钥匙出现的书之钥匙。

那果子当时不过是一枚禁果，夏娃爱上了它。她品尝之后又把它给了亚当，被亚当嘎吱嘎吱囫囵吞了下去。

他们原本对宇宙一无所知，可遽然间，居然能破译宇宙了。

造物主原本是打算把这种能力赐给他们的，可如今却被他们的这项本事所恼，便当着他们的面把那本书合上了。

这就是有人讲给我听的故事。

太初，有了那个点，那个点里藏着一座乐园。

往昔启发了犹太人，他们在每日践行那本书的文本过程中发现，每个词语都有自己的根。于是他们以辅音做成树干，以元音做成提供养分的树枝，就像造物主用一个明亮的点做成了白昼的天体，用一个炫目的点做成了黑夜的星辰一样。

书占据了那棵树的位置。从此，世界便可以阅读世界，并如此成长。

夏娃的过错难道仅仅是先期阅读和书写之罪么？

但这一过错若是狂热追求黎明的激情，该当如何？犹太人与其造物主的结盟也可能就出于这种偶然，那是共存的两种声音之间的谐振。

开端众多，必有被争议的开端。

与此同时，那把钥匙陷入了那缕微光，那缕微光陷入了那个符号，而那个符号陷入了空无。沙再次出手，又一次掩埋了书。所以，直到诸世纪的尽头，仍有一部书有待发掘。

太初即是未来。

叙事

造物主抹去自己名字的同时，也抹去了源头。

痛苦之中，自有那神圣话语的圆满与完美。
只有不幸是完美的。

如果恶只是善的那个黑暗的部分，该当如何？
唯有造物主承认的痛苦方为伟大。

进入书的思想，犹如进入造物主的思想。
犹太人承担起了这一水准的阅读。

我们的方形字母早已具备了书的普及形式。

我们的书写，并非伴着字母，而是伴着被发掘
出的书。

假如造物主是在"那本书"（他的书）、书（人的书）和叙事之上创造了这个世界——那会是个怎样的叙事呢？

那是造物主的叙事还是人的叙事？是一个人和另一个人的叙事么？

与我们的思维习惯相反，虚构按理说未必就是谎言。对犹太人而言，真实存在于叙事当中，甚至真实本身就是叙事。

我们只能讲述自己的真实，因为真实即是我们的历史。即便某些美好的部分出于虚构，又有何干系？准确地说，虚构不也是某种再发现么？

（我们从不相信错误。错误或许就在于相信。）

讲述历史的方式不会骗人，因为细节俱在。细节不会背叛。正确的表达对自身而言便是正义的真实。书为拥有此种真实而自豪。

散文将书写留给自己，而诗则将书写发扬光大。一个想压服书写，另一个则播扬书写。犹太人以自己的书写，在此地的一部书与天涯海角的另一部书之间开辟了通道。书写就是通道。这种书写时而被词语驱使——那些词语仅仅从属于无限之思，是这种无限之思的准确表达——时而却又畏惧表达，担心将他人也卷入这场书写本身忘我投入的巨大冒险当中。

对书写而言，断裂是生命的勃发，是与未知恢复联系的保证。

从沉默到书写再到书写出的沉默，这部小心翼翼地剽窃造物主之书的犹太人之书，注定永远是一部未竟之书。

灵

"严厉"（sévérité）一词由"汁液"（sève）和"真理"（vérité）构成。

此即犹太律法的严厉。

"造物主对所罗巴伯如是说：不是倚靠势力，不是倚靠才能，乃是倚靠我的灵方能成事。"

《撒迦利亚书》第四章之六 [1]

不是倚靠势力，对支持者而言，势力本身即拥有势力。

---

[1] 《撒迦利亚书》（*Zacharie*）是《圣经·旧约》中的一卷，载于先知书，共十四章，记载了先知撒迦利亚在耶路撒冷第二圣殿重建期间有关异象和预言的信息，这些信息极为注重灵性生活和弥赛亚及其国度，目的在于激励百姓特别是当时的犹太人领袖所罗巴伯和约书亚抓紧重建第二圣殿。

不是倚靠才能，对盟友而言，才能本身便拥有才能。

乃是倚靠我的灵，对蜡烛而言，灵即是火焰，对火焰而言，灵即是无限。

我们的光是我等之回忆的姐妹，我们的夜是某个失聪的孤女。

我们闪烁的踪迹上遍布星星的足迹，我们的夜洒满泪星，我们的清晨比我们的泉水更为赤裸。

这种赤裸有如干旱的荒漠，井水一旦枯竭，将变为虚无不可企及的赤裸。

虚无。被重新确定。

造物主拥有势力，但势力并非造物主。

造物主拥有才能，但才能并非造物主。

造物主是灵，但灵并非造物主。

我们对我们自己是异乡人，造物主对他自己也是异乡人。

信仰造物主，不就是信仰他的独特之处么？

真实的影子有其层次，一如高塔内隐秘的阶梯。

造物主欠造物主的情——亏欠造物主。

*

灵既是田野也是麦穗。

源头既非黑暗也非光明。它区分明暗，以保持独立。

于是黑暗拥有了一项权利，光明拥有了另一项同等的权利。特权被赋予了光明，即掌控光明的钥匙；义务被赋予了黑暗，即守护其深渊。

荒漠中——谁能为荒漠定位？

一条虚拟线，一道边界。

灵应把富庶赋予这条河。

思想的孤独就是犁沟的孤独：一道同样的伤口。

潮汐应时，哦，没错！我们将生活于大海潮汐的韵律当中。

吞食人以前，"变幻无常"就已经在啃噬造物主了。

如果宇宙在其自身无限的裂变中，便是那裂变的毋庸置疑的确认，该当如何？

或许，这可以为造物主在世上的反常缺席找到一个解释。

人不可能超越书：书在我们前头。

绳结与颠覆之一

黑暗中，不是白昼在翻转黑夜，而是黑影自身在翻转。

……造物主在灵魂的悲凉之地注视自己。

光明并不像我们以为的那样永远在那个地方。

造物主是联结的否定，一根用来打结、委实过细的线。

造物主与空白一模一样。

简单掩盖了内在的复杂。简单或许只是一种简化至极的复杂。

所以，随神圣之事物的简单而来的是渎神之行为的复杂。

一个颠覆另一个。

造物主非造物主。造物主非造物主。造物主非造物主。他在。他先于指代他的那个符号而在。先于指代他的那个名称而在。

他是先于虚空的虚空，先于思想的思想；所以，他也是先于非思想的非思想——有如先于空无的空无一样。

他是先于呼号的呼号，先于颤抖的颤抖。

他是无夜之夜，无昼之昼。他是先于目光的目光，先于聆听的聆听。

他是先于呼吸的空气。他是由空气吐纳而来的空气。他还不是风，但已是原初之散淡中优哉游哉的微微气流。

哦，无穷的空虚。

*

犹太人以集体的名义会如此回答：

"我们会揭露那个昏聩狂妄的势力。

"我们会蔑视那个可笑的权力。

"我们会像感受生命那样感受造物主之灵，

"因为思想就是造物主之灵对黑暗的胜利。

"造物主正是在造物主之灵的基础上建立起了他的两个王国。"

哦，面对面的书页，书令其不朽！

当我们以孱弱的天性去面对那个名字的时候，造物主会依旧保持他那煊赫的权力么？

因此，无论有否权力，水依旧克火。

阴柔的权力。

*

我们的路途多样，难以计数。可这些路不外乎两条：一条通往一切，即虚无之路；另一条通往虚无，即一切之路。

一条路是尘埃，另一条路是烟霭。

我让人阅读我从未读过，但在不知不觉中读过我的东西。

犹太人的命运，难道就是阅读正发生在自己身上的事而忘记了曾发生在自己身上的事么？

我们的遗忘中满是痛苦。

犹太人于现时中定义自我。

作为犹太人，要以同样多的耐心去勾勒多变的真实，也须以同样多的坚忍去追问真实。

真实也许就存在于这种执着当中。

遗忘之鸟的失眠。

苏醒的透明。心灵之上

空无一物，啊，空无一物。

清晨带走了它的财富。

*

话语即事物本身。它以此种身份为思想所接受，而思想也因此能支配话语。

书写中，人的部分属于已知的部分，神的部分则属于未知。

当非现实的压力大到让我只能借助于附加的形象去阐明现实时，我会倾向于像个懦夫那样惊恐不安地穿越那不可捉摸、生死相交的空间。

——我只能通过自己才能认识他人。但我又是谁？

——火了解火么？

树了解树么？

火之所以为火，因为它能烧毁树木；树之所以不再是树，因为它已被烈火化为灰烬。

生命有时对我们视而不见。

而死亡时刻都在窥探我们。

如果你全神贯注追踪一个正在前行、已被书标注的词语，你最终会觉得是哪一个？

我曾经便是那个词语。

进入造物主之思，意味着逐渐遵从该思想的指引，但也意味着从造物主正在自我书写的那本书中消失。

向自己提出一个有关可能的问题时，我们便无法再去思考不可能。否则我们将一事无成。

不可能既不是可以想象的，也不是不可以想象的。

它既不属于思想的清晨，也不属于非思想的黑夜。

它本身便是枯竭的记忆。

在一切可能中，都会有某种不可能直面相对。但这一不可能却并非不可能。它只是可能的挫败。

他处永远属于不可能。他处甚至仅为他处。它绝非不可抵达，因为它向虚无开放，是开放的虚无。

这一不可能，便是造物主。绝不要因一己傲慢而指望将这一不可能变为某种持久的可能。

我们不可能走向造物主——哦，沉默，哦，空无——我们只能如来时一样离去，自身始终心灵空空，两手空空。

书的一切可能性，往往因受到其自身固有短板的制约而无法发掘出来。

这种无能力需要得到书之奥秘中可以感知的那一部分的帮助。

这种不可能归因于造物主的倦怠，而人却因此被压弯了腰：意愿的缺失，导致行为的缺失。

因此，终此一生，荒漠的边缘只能因绝望而动荡不已，而我们也只能被迫漂泊。

对我们而言，只有救赎之外才有救赎。

造物主的意识造就了那本书。作家的无意识造就了一部与造物主之书分庭抗礼的书。

对作家而言，他既已完全丧失了意识，是不是只能继承造物主的话语，只能被迫缄默？

因此，每句话语中都藏有一个被禁言的后话语，而这一后话语或许只是某个被背叛之沉默的悲惨沉默。

……思想的这一部分很平静，刚刚起身又重新睡下了。

我本应希望一切都终结于书和我之间。

*

我难道不是始终认为纯真是接近犹太教的最佳方式么？

我们并未进行过认真的准备便进入了一部书。随着阅读的进展，我们开始由衷地接受它。

犹太人就是这样打开自己的遗忘之书的。遗忘位于其行为的源头。

然而，每个词语都在唤醒他曾经的阅读，就像我们发现的每一处场域都似曾相识一样。

但与文本的这种亲近感并不能排除怀疑。

场域绝无雷同。我们在此地未曾注意之物，若在目光未及之处浮现，就会变得可疑，并在瞬间动摇我们的信心。

词语不会自行重复。它是有生命的，所以从不会赘述业已言说之事。

书生机盎然。唯有死亡才有中断阅读的权力。

在此，诘问开始了。在此，智慧重新收回了自己的基本权利。

有关书的任何评论都涉及我们曾留驻过的那个荒凉的场域。

哦，旅程中，真实置身于船身，就像珍贵的圆锥形木楔。文本犹如迎着海风展开的翅膀。我们的目光追随着它，目送它一飞冲天，在滔天巨浪中辨认它映在湿漉漉的沙滩上的影子。

重要的是，我们要有阅读的意愿。我们已被选中去赞美书，这想法让我们喜悦；而我们的悲伤也同样来自我们自身，因为我们知道，我们永远也无法将书读尽。

犹太教与阅读有冲突。大错特错。但从个人阅读角度看则完全真实。有些阅读是具有示范意义的，但尚不足以成为范例，因为此类阅读有可能使我们的阅读成为负担。阅读希望我们能与之齐头并进，以不负其望。

这是那本书对一部评注之书的评注。作品自身的运行不会停止。它就是运行本身。

是在新生之无限中正在终结的无限。

可造物主呢？啊，对人而言，在其命定的死亡中，造物主或许就是书在局部填补的那个奇妙之物。

文字·书写

从文字到书写，从岸边到大海，更辽远的永远都是目标，都是书。

我们将在书跨接的远方阅读此书，将在书接近完成之地阅读此书。

书在种子里。

种子是字词。

字词在书里。

读书也许不过是阅读已萌芽的种子。

你曾以种子繁殖种子。明天，你将以后书去创造书。

有判断力地分享有待认知的事物，每个有待认知的事物中都有未被足够认知的事物。

瞬间即是知识。瞬间可以为学习知识的过程提供亲身的经历作为借鉴。永恒，那时间中的不竭之物，那空白中已被封印的空白，就是逐渐融入知识中的知识：它不可转让。

啊，如许无瑕的纸页！造物主会将其视为永恒么？人不愿唯唯诺诺。他书写稍纵即逝的瞬间，而逃避的永恒中即隐藏着瞬间。他书写深海般的缺席。

用一个同义词替换另一个同义词是一桩细活儿，因为我们通常不会去考虑可能被这些词语所掩盖的事物：词语无意识的范畴。

聆听的优势。

文字为书写而生，它是书写的证明。

令人宽慰的幻觉。

文字降临这种事在写作中是不会发生的：夭折的黎明。

书不会考虑书写，反倒是书写考虑书。

每个名字里都有一个令人不安的名字：奥斯威辛[①]。

---

① 奥斯威辛（Auschwitz），波兰地名，距华沙 300 多公里。第二次世界大战期间，纳粹德国在此建立集中营和灭绝营，约有 110 万人（其中 90% 为犹太人）被害。1947 年波兰国会立法将奥斯威辛集中营改为纪念纳粹大屠杀国家博物馆，1979 年联合国教科文组织将其列入世界文化遗产。

作家永远不会打开书。每次开始写作时他都会合上书，似乎事先已心存惧意。

书源自神圣的本质。词语早已知道造物主创造了阅读。它们枉自呼唤阅读能揭示它们。可造物主死了。

人的全部记忆封存在远古的回忆当中，可人却不知道这种回忆并不连接时间而是通往永恒：作品和世界的起源。

征服大理石。揭秘永恒。

对犹太人而言，幸福与不幸仅仅是词语的叠加，它源自十分古老的羊皮书：残存的隐迹纸本 ①。

缺席的沉默勾勒出鸟儿的疆界。

对我们来说，我们的翅膀上会不会有能冲破迟钝记忆之窠臼的直觉呢？

不过，飞行总有风险。

我们未探讨遗忘。是遗忘在探讨我们。

我听不到步入我生命与我同在的时间，但我清楚地听到了它在为我们的离去未雨绸缪。

① 隐迹纸本（palimpseste），指抹掉旧词再写上新词的羊皮纸稿本。现在已可以借助化学方法使原迹复现。

时间或许就是这一无形的在场，它轻松地陪伴我们，直至我们死去：这就是它单调的旅程。

思考时间，就是思考痛苦。

哦，孤独！生命不就像是一根又长又细、从此端到彼端紧绷的岁月之线：一根纬纱么？

旅程

在手中存在。

命运。命运。

验证在前，证据居后。

别奢望证明。证据是沉船。

犹太教以其对自身根本宗旨的顽强与忠贞，向
世界提出了一个政治性的问题。

其自由即存在于此。

要知道，反抗当下世界之疯狂的最有效手段来
自街谈巷议。

疯狂是混乱、折磨、屠杀和无耻的演说。

尽可能低声言说。为这一可能言说。

在此，沉默有如冰冷锋利的铡刀。

不仅仅要表达：还要榨出思想。

如果思考仅仅是讲出自己的想法，这些书页很
可能会被当作故事来读。
为什么不呢？那是无穷的问题本身的一个诘问
无穷的故事。

我不会给你讲任何故事。我在你的故事里讲述
自己。
你制作了我的故事。

或许，一个人的命运仅仅是本能（掷出的）
骰子。
第二粒骰子依旧在死亡手里。

方法

那儿，有心灵。那儿，有灵魂。那儿，有思想。那儿，有未知。

而这个活生生的场域便是字词。

清醒的轻盈。

沉睡的沉重。

谈论造物主如同谈论死亡一样轻松。

然而，这种轻松中又会有几多沉重！

我们必须以一个日期开始计算写书耗去的时间，就像我们必须忘掉这个日期以对抗永恒一样。

时间无始。它解开了我们开端的绳结。

字词的生与死是同义词，因为每个字词都同时是宇宙和人的生与死。

它们不代表生死。它们本身就是生死。

现在我交出这段我从不敢引用的笔记："我不信造物主。造物主信我。"

……有如空气，它为了自信而需要吐纳；有如星辰，它须知自己熠熠生辉；有如太阳，它希望自己普照的生命之光能得到大地的感恩；

但我之所以写下这个句子，也许只是为缺席提供某种在场的身份；哦，某种怀疑之缺席的持久在场。

在词典的所有单词里，"造物主"一词最为棘手。我们对这个单词有什么用处永远都没有把握。

我们只能信任自己熟稔的词语——那些词语认识我们。

切忌模仿造物主，他就是因为想回答宇宙的一个问题而死的。

你将死于自己的时辰，死于某个你所归附的但不以你的意志为转移的回答，那是无限对永恒的回答：对你的抛弃。

你只是在书写。你的文字缄默不语。随即，你的心脏停止了跳动。

词语比瞬间还要短促。

临终时笔犹在手，有如鸟儿临死前依旧迎风展翅。

第一步

每次旅程都是跨出一步的壮举。

犹太人怀揣天真的希望和对生命的热爱，一直走向受难的终点。彼世，忘却自我。

遗忘以其遗忘将我书写。

一

我在当下书写。当下在书写我。但当下只能参考我的过去。

针对某个特定要求而做出"我出生于1912年4月16日"的申明，意味着"我保证自己就是1912年4月16日三点整出生的该名男子，直至生命终结，他都在以其灵与肉——为什么不呢？——证明着这一点。"

我们的出生和存在都在由他人证明。我存在，因为无论是谁都能证明这一点。这种证明既满足我们又抚慰我们。唉，怀疑总是缘于我们自身。

如果说每个个体生命都有一个开端，那是因为有身份证为证。但去世的日期则不会记录在身份证上。即便有人不希望所在区镇政府的公共登记处记录下自己去世的日期，这个日子也依旧会出现在此人的墓碑上。

但 1912 年这一年既是公元第一千九百一十二年，也是犹太历纪年的第五千六百七十三年[①]；往昔庶几忽略一切，而赋予我的这一部分往昔却与我密切相关；眼下，我可以确信，这部分往昔已成功地将我嵌入时间和存续的时间当中。

每条生命犹如每个黎明，其上升和下行的各个阶段都是质朴的光的轨迹。死亡是虚无，是符号的消失，是死亡的判决。不变的唯有永恒。

我书中的每个句子都在言说着两个日子：首先是 1912 年的某日，然后是第二个日子，这个日子是 1984 年 1 月 18 日，九点十一分。[②]

而我所有的书呢？我最好都能标记出其生命终结的那一时刻。

如此说来，我出生于 1912—1984 年间的书写，或毋宁说，出生于开端。

我出生于 1912—1984 年间的犹太教，或毋宁说，出生于终结。

---

① 犹太历（calendrier juif），又称希伯来历，是以色列国目前仍在使用的古老历法，其纪年以《圣经·旧约》中上帝开始创造世界的第一个礼拜天为开始，犹太教徒认为是公元前3760 年。全世界的犹太教徒都依据犹太历计算犹太教的节日。

② 这两个日子，第一个是雅贝斯出生的日子，第二个是他完成本卷《旅程》的日子。

这牵涉到我将来不会再谈到的某些事情,所以这一次我必须讲出来。

往昔是再现——脸的再现。未来是脸的缺席——虚空的缺席。禁止再现即是未来的戒律。

对未知而言,未来或许有其自己的形象。

明天,你将读到今天被拒绝阅读的东西。

形象总是令我着迷,并不是因为形象代表着什么,而是它终将抵达透明。

思索虚无。

在虚无中坚持不懈,以实现拥抱一切的目标:人的能力与超越。

……这些声音,这些像大海压抑之低语的声音;这些声响,尽管震耳欲聋,却是酝酿中的前世的启示!

啊,这些声响在其渴望实现的希望当中,在其坚定的意愿——祭献出自己名字的同时获得命名的权力——当中,是谁曾经激励过它们?

渴望便是记忆:渴望的记忆。

对"我是谁？"这个问题，我会回答说"我是个作家"么？

我是不是还须明确自己是作家和犹太人？不过，与其说我要彰显我的犹太教身份，还不如说我要与之保持距离，以便能更轻松地滑入这一裂隙当中。

这是不是很蠢？

炫耀一个或另一个身份的同时，我不过是违背了首先想被视为作家的渴望——或野心。但我又应当如何解释想被视为犹太人这一渴望——或野心呢？

那真的是某种渴望、某种野心么？如果这种渴望或野心真的存在，那么激励这二者的动力又会是什么？

看来，只能换个方式来面对这个问题了。

何谓作家？何谓犹太人？

犹太人和作家并没有什么自身形象可以炫耀。"他们都是书。"

二

当造物主创造出一个奇迹时，一个词语亮了。

当造物主从世上抽身而退时，一个词语灭了。

在外，即为有限。在内，则为无限。

当那个犹太人教导我说再现那本书的秩序是我的使命——我毕生都

在致力于破译这种秩序——时，感恩的并不是我这个犹太人，而是我这个作家。

当那个犹太人教导我说我应该读的那个词语远在天边近在眼前时，感恩的并不是我这个犹太人，而是我这个作家。

当那个犹太人告诉我说阅读也许是最佳的祈祷方式——因为在我们的书中，所有的祈祷应有尽有，如同我们手握金子般的清晨——时，感恩的并不是我这个犹太人，而是我这个作家。

但是，如果我们的书仅仅是我们最喜爱的祈祷定期更新的汇编——而这种喜爱被证实正是以其自身提供给神圣作为参照物的——该当如何？

书写的神圣。

造物主正是这样一个令人不安的字词，我们中的许多人都已经忘记了这个词语——虽然有些人还能记得——但它在我们熟稔的词语中如此根深蒂固，以至于所有词语都在私下里明确地抱怨说这个词语让它们不自在；或许这是因为造物主一词只有摆脱了其他词语后才能获得其存在的意义，所以它才会又肢解又打压那些词语。

没有任何词语可以反哺话语，可话语有时足以让我们目瞪口呆。

我们的能力和不足就是话语的能力和不足。虽然它过去唯我独尊，但却是我们的未来。

我们的未来会先于我们张开的双臂到来。此后，它将散落在我们被切断的、枯干的双手上。

最后的词语便是比最初的词语更早的那个字词。因此，我们已言说的一切都不过是为言说所做的精心准备。

虚无便是联系。

俯身于自己的书吧，正是它改变了你的方向。

三

它们一共五位。年长者对最年幼者说："你是元音，是灵魂。"又对第二位说："你是辅音，是支柱。"再对第三位说："你是字词，是宇宙。"最后对第四位说："你是沉默，是无限。"

"那你呢？"四个一齐问，"你是谁？"

"我是书，"年长者回答，"因为我像书一样，将自身的灵与肉自行开启，继而又将自己变成一个谜。但若没有你们四位，我什么都不是。"

时间 · 书写

有一种不可见是迟延的可见，也有一种可见却是令人气馁的不可读。

这种不可读告诉我们，依照这一原则，可见未必一定可读，而不可见在未来反倒可能具有某种可读性。

时间的书写并非书写的时间，而是书写的结果。

求助于时间只能更加丧失对时间的依靠，因为那不过是流逝的时间。

时间指望时间。

下一步不可读。只有道路可见。

为无限犁出畦沟。

造物主创造出时间，难道是为了让人作为人死去而做好充分准备么？

人构想出永恒，难道是为了让造物主作为造物主死去而留足时间么？

瞬间剥蚀持续的时间，却永远无法剥蚀永恒，因为永恒是不受控制的持续的时间。

对每一次在场，那都是持续下去的希望；对缺席而言，则是永恒。

如果昨天——哦，凝固之夜，我的全部往昔——拒绝放弃呢？

没有不被未来遮掩的话语。

痛苦和不幸会在清晨接踵而至。

我们在黑夜里提问，但问题出于某种可以理解的需要——看到我们并让我们看到它——始终围绕着光转动。

问题之光不外乎是向光提问。

一支明烛足以界定我们的思想、行为和书写的空间。

无法跨越光之边界的失望是苦涩的。

因此，书写无非是向词语四周投射的些微光束。

眼睛直面黑暗时的谦恭。

词语有眼。它看得到我们。我们的目光让我们困惑。

对作家而言，何谓时间？——或许是一个声音、一种符号，是一根手指在白纸上略微感到的压力。

时间的穿行并非穿行的时间，而是时间在穿行中偶遇的时间。

我们无法留住空气——那是我们的呼吸——但可以计算出强化岁月流逝的脉动。

如果是回忆从某次在场消失起就在延展着这一缺席的时间，该当如何？

我们无法回忆造物主。能想得起来的只有造物主在他和我们之间划定的那道距离。

会有某个白昼先于那个白昼到来，对词语而言，那个白昼会成为令人吃惊的事实，令词语手忙脚乱。这就像制作玻璃杯一样，玻璃杯会在其结晶过程中看到自己未知的脸呈现出来么——哪怕须臾之间？

透明不会呈现出脸，但会呈现出宇宙供人思考：从透明自身的孤寂中采集来的形象。

自杀并非与时间的决裂，只是有意的暂歇，是我们与时间的关系之间避免不了的急刹车。

死亡无法逃避时间。它主宰死亡的时间，而那时间已然成了我们的时间。

……死亡的时间并非已死去的时间，而是死亡永恒的时间。

某个词语在文本中的中断——即在时间中的中断——往往源于其猝然或令人揪心的自杀行为，因为它难以抗拒虚空的魅惑，早就梦想着能有个惊世骇俗的死法。

在此，并非终结在为手段辩护，而是手段在宣告终结无罪。

时间以标注日期的方式昭示出我们的渴望和祖先的痛苦。从此，它在我们的帮助下建立起了我们共同担当的过去。

生命是时间的彩带。死亡或许就是这条彩带无法避免的毁坏。通常，磨损是毁坏的直接原因。

涓涓细流，流淌，哦，生不逢时的石头！

评骘一个微笑竟需如许哭泣。

弓形的唇。彩虹。

话语具有浪涛的属性。从表象上看，它像浪涛一样被动，其实内心里充满了愤怒和反抗，但愤怒和反抗往往是软弱的表现。

瞬间的不耐心与永恒的耐心之间形成鲜明的对比。

瞬间的不耐心急于实现其注定一死的命运，而永恒的耐心则与持续的时间关系密切。

同一种不安在折磨着它们：瞬间的不耐心只想融入时间，而永恒的耐心则指望超乎时间。

现实无非是记忆的精彩反弹。

具有颠覆性的书是想毁灭既有秩序的书，并逐步将自己的秩序强加于人。

写作不过是对这一秩序的探索，但仅仅限于探索。

颠覆也面临着颠覆，由此给我们带来了冲击。

其实，这并非某种冲击，而是某种不适，如墙上的霉斑：王国中弱化的王权。

那它关系到何种秩序呢？毫无疑问，它关系到记忆的剪刀下某绺遗忘的发辫。

修剪坚硬的岩石。

小小的蜇痕，小小的酸味的死亡。①

---

① 这是雅贝斯的一个文字游戏：他把"morsure"（蜇痕）一词拆解为"mort sure"，词义就变成了"酸味的死亡"。

让死亡息声，只把声音赋予生命，赋予那破碎、沉醉但仍将延续的澄澈的生命。

破碎的权利。沉船的权利。

可怜的霉运。

残疾的大海。

从荒漠到大海，弥漫着即将出发的航船的巨大阴影：它们共同的梦想。

孤独以未知为生。

绳结与颠覆之二

顿时，摩西把造物主吓坏了。

他体现了颠覆。

阅读提升我们。

……而这座山丘上词语蕴藉，希伯来人栖身于词语之下。他们从此生息于此。

——一座城市可以成为一部书么？

——你提到的这座城市就是一部书。

哦，毁灭的烈火，哦，耶路撒冷，深渊之天壤的阅读。

过去，你曾因烈火反衬的一面而成为一部令人不安的书，如今，在烈火富于活力的基础上，你成了颠覆之书。

圣殿在那本书供奉于圣殿之前即已存在于那本书中。

空无：被虚空驱赶的没有种子的字词。

一座灰烬之堆。

这部被掩埋的书在扭动。

阅读燃烧了。

除去无限的芽孢。

颠覆无处不在。它在犹太教燃烧的荆棘中。

在下面（在下），但朝向锡安（山）[1]。

自豪的沙漠，是不是我们的那五本书[2]矗立起了这座小山，让它足以与世上的所有高峰比肩？

这五本书的文字不仅每次任我们从右到左解读，还允许我们将这种

---

[1] 这是雅贝斯的一个文字游戏：他将"subversion"（颠覆）一词拆分成了三个单词："sub"（在下面）、"vers"（朝向）和"Sion"（锡安）。锡安（Sion），又称郇山，在天主教圣经中称为熙雍，原指耶路撒冷老城南部的锡安山，现常用来指代耶路撒冷，也用来泛指以色列地。该词在圣经中首次出现是在《旧约·撒母耳记下》。

[2] 五部书，指《摩西五经》。

解读作为向顶峰攀登的手段。

这是天佑的经卷，它以其双重表象高悬于宇宙之上。经卷盒有如蓝天。祭礼过程中，犹太会堂的拉比微启经卷，供聚集在下的信众瞻仰。

这座小山之巅便是阅读的顶峰。

山巅上有一个闪光的点，它从天而降。在最悲情的岁月里，那闪光的点曾是我们的星宿。这颗星把自己变得很小，小到可以直接坠入我们的胸中。从此，便有了两颗心在一起跳动：一颗是血肉之心，一颗是光明之心。

忮刻的黑暗想向我们隐藏起那山巅，可你知道么，那山巅依旧可以照耀我们，只是你不知道罢了。难道你忘了自己也曾是那山巅投下的影子么？

啊，为了极目远眺，我们须跨越多少敌意的黑夜啊！

荒漠的顶峰依旧是荒漠。

告别之书：造物主之书。造物主之书：人之书。

沉默的秘密，哦，沙漠之沉默中神圣的经文。

造物主颠覆造物主之书，迫使那本书沉默。他是令一切失去平衡的虚无，又是让虚无深感不快的一切。

障碍中的障碍。不可逾越。

如果那光环——那朦胧的环——是一根绞索，该当如何？

联结起我们的东西，便是杀死我们的东西。

宇宙的节奏是被绞死者的晃动。

我们的记忆窒息于被烧毁的书之余烬中。

我们知道圣殿的墙是由神圣的书写重聚的石块垒成的么？

每粒尘埃都躲在其历史的背后筑垒固守，它们的荒唐计划是与死亡结盟，好让自己也能有一本书作为靠山。

拒绝之词语。墨水妄图粉饰词语中早已被未知戳穿的字母。

终于能在赤裸的透明中阅读透明。哦，丧痛，空无之渊薮中的空无。

犹太人的未来与前景

"历史允许我不将自己考量在内。"

"永远都不要去了解作为犹太人意味着什么——有多少了解包含在不了解当中——但又得准备因这一隐秘问题的反弹而死，这就是我们的矛盾所在，也是耐人寻味的起源之谜。

"于是，在一个悬疑之夜，犹太民族之所以形成的那些不合逻辑的、脆弱的、持续的过程以一根摇曳的、点断的虚线刻记下来。"

"犹太人未来会面临诸多灭绝的危险。

"死亡的威胁便是其无声的酵母。"

——《对话之书》

犹太人没有可靠的未来，只有不稳定的前景，犹太人就是那不稳定之前景的孤独的工匠。

于是，这一前景变为反抗的瞬间，被裹挟进错综复杂的时间当中。

来到……来自……

未来始终缺少方向，前景始终缺少直觉。

我们的文献——我们的最爱——是我们的倚靠。我们凭自己的所知而生存，可我们所知太少。

我们以借贷度日。死去时，我们须就自己的债务向永恒签发一纸临终感谢函。不履行这个愧恶的程序，我们就无法从生到死。颤抖的签名，早已因来世而困惑。

以一张空白支票换取一纸收据。

勿请造物主在你门前清扫。他并未发明扫帚。

真实根本不存在于问题里。甚至也不存在于答案中。

真实存在于挑战的问题里，也存在于混乱的答案中。

除非我们能造出自己的光供我们自己使用，否则能有什么招数遮掩住缺席的白昼呢？

从此，我们只能借自我看到自己。

被磨光啦！黑暗的表面附近，哦，满是钻石的粉尘，辉煌胜利的前驱。

中间，是那轮被切割得滚圆硕大而闪光的月亮，其他雕琢面再也辨别不清。

虚假的财富。荣耀全归于太阳。

火荡涤一切。光统一一切。

宇宙的童贞。

真实难逮，我们听到了真实事物运行的喧哗，那既非胜利的喧阗，也非失败的鼓噪。

喧哗是一种折磨，是因运行而产生的嘈杂和不知所云的噪声。

并非是注释本身在注释，而是文本启迪了注释。

注释无言。

浇铸死亡，像浇铸一个词语。

定义是从有限之自身的无限中被定义的那一部分。

定义的失败并不意味着不确定性的光临，而恰恰是有限想摆脱命名的顽强尝试——哦，疯狂的尝试。

我们和导致我们死去的那个名字同归于尽。

……那么，从这个角度出发，我们就可以得出如下大胆的结论，即作为有待探查的定义，造物主在咄咄逼人的不确定性中可能是对某种转瞬即逝且为负面之现实的辨别与否定，并以代表他至高无上的消极性的客观现实表现出来。

让远方——他处——去渐次颠覆近处，然后再叮嘱近处在融入远方之前对远方进行谴责。

我们就在这个合法谴责的边缘阅读和书写。

以生命之书交换书之生命。

无非是同一种生命。

造物主是理念的超越，他是这一超越的理念本身。

黑或许仅仅是影子延伸，继而入睡的某一局部之上的某种无限的白。

一个定义须经历欲望——如喜悦、拘谨、幸福——或痛苦，并经过知识的考量后才会被认可。可以这么说，它只是我们与宇宙之间、与他人之间的关系的定义。

宣称"空白的是纸页"，无异于人云亦云。相反，赞美"动人的或沉默的页面之空白"则是借更深层的定义烘托出这处空白的特性。定义十分重视这种"难以定义",因其本身即属于这种"难以定义"并借该"难以定义"而定义自我。所以,对所有定义中有待定义之处须通盘考虑。

此种近于主观的做法其实是最客观的。

我们正是完全凭借某个特有的话语而面向世界的,否则我们就会消失。

哦,深渊,他人之词语中的陌生的黑夜。

实际上,定义在攻克界限——至少一次——以后所要做的,无非是探讨如何给造物主、书和犹太教下个定义——那或许是某种觉醒和向历史源流回归的定义,是某种被书写出的不真实的往昔的定义,这种不真实既被迷雾庇护,又被我们中间那些执意重写往昔的人像追讨被窃财物一样,通过当下的现实遮盖。

词语无法抵达造物主,但却是祭献给造物主的词语。

犹太教与书写

　　在造物主的书写中聆听造物主，我觉得这就是犹太教的训诫。

　　对犹太人而言，回望意味着见到还未生活过的未来。

　　将词语排列成行，形成语句，是否意味着给它们指明一条直达目标的路径呢？

　　但目标并不存在。

　　为说服那些后来者、梦想家和愚顽不化的人，作家需要何等精微的悟性才能使词语招之即来啊。

　　写作或许只是一种游说的营生。

　　——作家说服词语的能力从何而来？

　　——无疑是来自词语本身，也来自天才作家从词语中汲取的古老认知。

——词语说服作家的能力又从何而来？

——无疑是来自作家本身，也来自词语从作家处获得的更为古老的知识。

钥匙

内心（Dedans）：意即"两次向内"（deux [fois] dans）。①

阅读，如同在内心思考、受难和言说。

中性即开放。

然而，开放是一种承诺。我们开放通道，但拒绝方向。我们希望自己是专心的和有悟性的。

该来的必定会来。我们并未走向它。我们前行，盲目地，前行……

下潜到书的沉默中去，就像在死亡中孤独地滑行。

---

① 这是雅贝斯的一个文字游戏：他将"dedans"（内心）一词拆分成"deux（fois）dans"（两次向内），使词义发生了变化。

这种孤独，正是我们的孤独。

犹太人走到哪儿，隔都就跟随到哪儿。
我们的束缚就存在于我们自身。
束缚已被书写。

显然，你在等我把钥匙插进锁孔。这个动作完成后，我只需依正确的方向旋转一到两次，就可以推开眼前这扇已经毫无抵抗力的门；在我身后，你将跨过一道道门槛；循序渐进的知识每天都会检验我们获得的学识。

那些早已铭记的，就不应当被忘记。

对死亡而言，书是最可宝贵的支持。

言说之不可能，是否意味着出生之不可能呢？
绝没有词语可以阐释造物主之死。
唯有死亡可以。

造物主的特异性在于造物主之生和造物主之死。造物主之生是诧异于造物主的特异性，造物主之死则是确认造物主的特异性。
一个词语的死依旧是书曾经生活过的某一时刻。

*

眼前这些排列整齐的钥匙，我会选择哪一把呢？

我选择了那把曾开过许多门的钥匙，这把钥匙由于总是不断地开门，它自身便成了开启本身：一如开启本身也是一把钥匙，一如在既定的时刻，这一开启最终能确保其向自身开启时成为唯一的通道。

有待开启的，一旦开启即完全开放。
在这一开启中，在这一系列的开启中，我均置身其中。

*

依我看，犹太教与书写具有同样的开放性质：向召唤我们一同生活在其全体性当中的一句话语的开放。

地平线之话语的话语，我们从第一本书开始即与之紧密相连：这部超越时间而不为时间改变的书是不朽的，它在其自身永久延续。

我们读过的那些东西不是别的，乃是书匮乏时由我们自己每天写出来的东西：这种匮乏并非边缘的匮乏，而是掩埋在词语中的词语踪迹的匮乏；所以，它是符号之上的符号，我们的目光因符号藏匿之物而眼花缭乱，又因光的增强而变白；像时间和头发一样变白，直至完全透明。

因此，犹太人对自己的书穷尽探索，因为他早就知道这本书在字词和沉默中永远有待尽善尽美。

此种情形下，阅读会因达至其相似性的尽头而在词语中破碎，变为我们想让词语回归其最初的质朴本真的障碍。

既然有确凿的证据表明造物主自愿删去了他自己的名字，难道他就不会遗赠给希伯来民族一部空白之书么？

但如果没有我们自己的词语相助，我们又怎能阅读这些空白的词语呢？如果不超越我们自己的沉默，我们又怎能聆听那些纸页中的沉默呢？

聆听便是以听觉进行的阅读。

可读性有其自己的局限性。

为了尝试理解书写中涵盖的所有信息，我们只能相信自己的眼睛，相信自己的智慧；为了抵达一个有待阅读之话语的无限，我们只能摆脱已阅读之话语那令人难以承受的桎梏。

所以，我们始终都在与一个不可能的话语相撞，并向其祭献出我们的话语。

一个词语屹立在若干符号当中，占据了这些符号的空间。在这个空间内部，它具有宇宙的体量。

以一个词语拥抱宇宙，一方面表明生息其间的字词因担心该词语不断扩张而极力设限，另一方面又表明需要根据该词语的新体量去评估我们在阅读中的进展；

因为，阅读或许只是用所有已破译出那个字词的词语去替代一个字词。

这种经典的阅读方式，犹太人数千年来始终如一。

全身心投入文本的研究，就必须不断提出质疑，因为真理寓于其中；诘问也须穷尽一生，因为我们不仅可以从中获得更多教益而得到自我发展，还因为那些教益有助于我们为提出下一个问题做好充分的准备。

该词语填补了其他词语消失前留下的虚空，因而会比那些词语活得长久。

词语的壮大得益于想限制它的企图的失败。

虚空与虚空是否相似？它们因不加区别地接受不同的内涵而有所区别。

整体性能否填补虚空？

我们以"一切"来定义的那个东西，不过是那个看不见且难以把握的整体性的一部分；它是可见的部分之一：是被虚空像支撑世界一样支撑起来的那个字母。

所以，虚空是思想的王国，是"完美"的自由疆域。

在这一背景之下，"造物主"一词是否就是词汇表中那个最为虚空的词语呢？这个词语是否虚空得如此彻底，以至于人类的宇宙和人之灵魂的无限随时都可以在此谋得自己的一席之地？

比如说，我想到了这个词在犹太会堂的歌声中所经历的变化。唱诗班祈求造物主，抑扬顿挫地唱出了那个神圣之名的每一个字母，从呜咽到喜悦，从抗拒到感恩，冥想中，我们从这个词里听到了我们自己缄默的词语，是这些缄默的词语以其沉默造就了这个词，而赞美诗又把这个词归还给了我们。

元音的复兴之歌，它显示出话语背后的封印，这些话语在彼岸通过其内心歌声的迂回被捕捉到：那是瞬间激发出的某种亲身之经历、某个联盟、某种无限的回响。

或许由这支歌来表达不可言表性最为名正言顺：让这种不可言表的言说在删除中延续，因为我们什么也删除不掉。而我们自身随着删除行为的发生，也被这一永恒的删除所删除，其行为与经由我们存活又消耗我们的瞬间同样主动有为。

一个词语的意义或许就是向意义的开放。

"造物主"一词不止一种意义，也不止几种意义。它就是意义本身：是意义的冒险和意义的崩塌。

有一次，我曾根据这些观点陈述过我的意见：犹太教与书写无非是同一种期待、同一种希望、同一种消耗。

在书中，犹太人本身就是书。在犹太人心中，书本身就是犹太话语；因为书对于犹太人而言就代表着犹太教的启示，这已经不止一次被确认过了。

对一个作家来说，书写就意味着学会阅读书中之书：他的抱负之书，他的痴迷之书。

犹太人以什么来担保自己的未来呢？首先，以其对书的忠诚，因为忠诚于书便是忠诚于自己。

犹太人在与书写的终生厮守中认识到：自己便是声音中的声音，歌声中的歌声，话语中的话语，他正是经由某种真理之名而成为这一真理既弱小却又坚定如斯的持有者：他是参天的橡树，又是脆弱的芦苇。

正如作家有其身份一样，犹太人也期待着从书中获得自己的身份。同样，他并非生来就能成为犹太人，而是必须在未来努力磨炼自己，哪怕是最不起眼的磨炼。这就是犹太人的禀赋。

犹太教是一种信仰，但它并非只建立在信仰上，而必须以犹太人自觉接受这一文本的每个词语为前提，那文本无时无刻不在考验着犹太人的信仰，而犹太人也在轮番接受着那文本的考验。

无休止的诘问，唯有诘问之死才是终点。

这或许就是为何每周的第七天既被视为休息日，又被视为从书中收回来的一天；这一天虽然被从书中收回，但它无疑仍存在于书中，就像无瑕的空间，像一排排的空行。这一天，犹太人不在书的词语当中，而是像漫步者躲到树下以避开酷日一样躲进了词语的浓荫。

作家凝神勾勒着书的轮廓，殊不知无意间已被书控制。书页唤醒了他内心的焦虑，这种焦虑将伴其终生。

成为我们书写的对象。写出我们的本来面目。这才是关键。

一个问题始终在犹太人心头挥之不去："是谁让我把自己看成犹太人的？哪些话才是犹太人该说的，哪些事才是犹太人该做的？"

于是，他的心中形成并发展出了一个双向的诘问，即他的确信向疑惑提出的诘问和疑惑向他的确信提出的诘问。

如果犹太教只是充满确信之疑惑的变异，该当如何？

但确实会涉及疑惑么？——恐怕每次都必须权衡利弊得失。

只有对比才能产生确信。

这个方法屡试不爽，它引领犹太人深入研讨其确信，确信与研讨已合二为一。

向犹太教的提问就是向书的提问，没有语言怎能提出问题？我们诘问的词语面对着答复的词语，书只能把这一问题提交给自己那些孤独的读者。

任何对话都是词语的对话。对话赋予宇宙和人以存在。

提问来自书中，这是原始的提问，因此无论对犹太人还是对作家，它都来自火热的现实；其中之一，源自五千年前；对二者而言，它植根于未来；

因为，没有开放，何来现代性？——现代性即在于此。

对于犹太人，开放首先意味着荒漠向其造物主之话语的开放。开放对同类话语必不可少。

没有荒漠，缺失了充裕发展的必要空间，也许就没有了犹太教，因为犹太教是经由造物主的话语、经由书的必由之路而来；

因为，与荒芜之地相比，荒漠更像一片沉默和聆听的土地；更像一片宜于沉默、宜于无限聆听的土地，在那儿，沉默陶醉于自己的回声，而聆听则为在这一沉默的心中采集到的全部声音而狂喜；如死亡醉心于死亡的言辞，如生命醉心于生命、燧石、风、沙和天空那空气般的轻盈，而此时，虚无，虚无，虚无进入了。

除了一位哲人采集到的一句喷涌而出的权威话语之外，一切均属虚无。

但是，造物主真的在其缺席的荒漠、在一个破碎世界的裸露顶端言说过么？他是否会为了让我们能听到这番话语而渴望比沉默更加沉默，以使我们的听觉更臻完美？

聆听荒漠，便是聆听生命，聆听死亡。聆听死亡，意味着再不虚掷生命的时刻。感知生命中最后的话语——生命中的每句话语都是最后的话语——意味着已步入死亡。

造物主命令他的子民聆听："听着，以色列①……"可聆听什么呢？你要聆听造物主的话语，但造物主是缺席的，他的话语也是无声的。距离阻断了话语声。你要聆听沉默。

因为造物主在沉默中对其造物言说，因为犹太人以这一沉默所滋养的话语回答造物主。

如果造物主就是为了把这句话语放进一个接受他的民族的口中才释放了他的话语，以便让这个民族能在随后分享聆听，该当如何？

命令式的话语始终有待于诞生。它放任我们即兴发挥严肃的话语。

---

① 以色列（Israël），《圣经·旧约》中的人物，原名雅各，是亚伯拉罕的孙子、以撒的次子。他用诡计骗取了哥哥以扫的长子名分，因怕其兄报复，逃到舅舅拉班家，并娶了舅舅的两个女儿为妻。若干年后，雅各根据上帝的旨意返回出生地的途中，要上帝给他祝福，并且战胜了天使，于是上帝为其改名为"以色列"（意为"与神和人力都占了上风"）。以色列生有十二个儿子，即以色列十二支派的祖先，因此他的后代以其祖先的名字命名了他们的民族。

期待是问题的酵母，因为期待本身就是对未知的关注，就是对希望的开放。

但是，问题作为荒漠之女，如果它向未知的提问本身仅仅是问题的荒漠，又当如何？那它就无非是向孤独之问题提问的问题之孤独：是造物主的无尽孤独之问题向悲情孤独的人之问题的提问。

与文本的较量取代了与造物主的较量。你要聆听被写出来的……

两种孤独相互对峙：话语前的孤独和话语后的孤独。

所以，在意识到自己——或希望自己——属于集体以前，犹太人与犹太教之间的关系是严格的个人关系。

然而，赋予问题以特权是否意味着已开创了对话？是否意味着在完全不脱离问题的情况下部分地摆脱了孤独？

我们的约束就存在于这部分解脱当中。

如果犹太人独自面对犹太教，那么每个犹太人都可以借其接近犹太教的独特方式去定义犹太教，也就是说，通过他阅读自己的书的方式去定义犹太教。

如果书认可各种不同的接近方式——因为书是开放的——也就证明了这些方式都是合法的。这种证明必然会招致读者对自身的质疑。

犹太人的存在不过是存在中的犹太人。

但如果犹太人读自己的书时读到的仅仅是希望被自己读到的存在之

渴望，就好像他先于字母——虽然不可避免——变成了字母无法预料的变化，该当如何？

存在只能证明曾经存在。未来占据了具有延展性的事物以将其纳入时间当中，并日复一日、潜移默化地改造它。因此，所谓存续，不过是惊异地活在每日的变形当中。

犹太教就是这样以其缺席的形象来对抗其各异的自身形象的。

于是，身为犹太人，身为作家，便只能向每个人提供实现这些条件的可能性。词语的彼岸依旧是存在的此岸。其来临的核心即是明天。

此外，我们不是也说过那琐屑且乏味之物是没有前途的么？

如果要描述自己的相貌，我们应当参照哪张熟悉的脸呢？

这是怎样的一张脸呢？比之所有面孔，这张脸毫无特点，所有面孔都能在这张脸上认出自己。

而如果这张脸本身就是书，该当如何？

造物主的青春。人的衰老。

犹太教就是这样诘问犹太教的，既注重诘问本身，也注重诘问其恒久的基础。

是律法存在于书中，还是书存在于律法中？

是每本书都有自己的律法，还是任何律法都有自己的书？

换言之，阅读、书写是否通过书而受到律法的奴役，或反之，陆续完善律法使之服从于书？

律法是书的创造，是具有律法之效力的书的创造。

如果律法是书的渴望，书又是律法的渴望且须向律法逐条陈述事实，该当如何？

如果源头只是那本书的源头之渴望，又当如何？造物主会是这一源头么？

更多的迹象表明，我们诘问的正是这种书之沉默：那些迹象不过是这一沉默的可以计数的踪迹。

书对书之渴望的踪迹，有如雪鸿泥爪，又复被沙和雪所覆盖。

所以，词语不过是渴望、爱情或痛苦在深陷困境的瞬间发出的不竭呼号。

所有的书如果不具有同样的源头，也必定拥有同样的沉默。

我曾在自己的一部作品中这样写道："如果我们承认大体上是世俗在烦扰、煽动且在狂热挑衅，我们可能会推论说：神圣以其倨傲执拗的行为，一方面使我们固化并经历某种灵魂的死亡，另一方面又成为语言令人失望的结果，成为最终的僵化的字词。

"同理，我们正因为同世俗的关系且经由世俗才能体验到神圣，不是为了体验神圣，而是为了体验世俗对超越之激情的神圣化；不是为了体验对瞬间来说是陌生的永恒，而是为了体验无限延展的分分秒秒；

"因为时间的营生就是死亡。

"准确地讲，不正是因为词语在占有言说方面的无能，永恒才意识到它与语言之间势同水火么？

"所以，书写——被书写，意味着在无意识中，从可见之物——形象、脸以及某个持续的临近时刻的再现——跨越到不可见之物，再跨越到客体的坚忍反抗的非再现；从聆听空间不衰竭的可闻之物，跨越到我们那些驯顺的词语沉溺其中的沉默；从至尊的思想到非思想的至尊，此乃词语的悔恨和极端的苦痛。

"神圣依旧是未被觉察的、隐匿的、受保护的和不可抹除的；于是，书写变为一种呈现字词的自杀性尝试甚至是为了最终将其抹除的行为，在那样的抹除中，字词早已不再是一个字词，而仅仅是一种致命且普遍的分离的踪迹——即创伤：造物主与人的分离，人与创世的分离。

"神性中的消极性在面对一意孤行的字词无法预料的铤而走险中，表现为不可约略的沉默。

"过分的恣肆先于世俗到来，它把一切界限不断推回原位。

"神圣。奥秘。

"神圣与生死的永恒奥秘同为一物么？

"后白昼，后黑夜，昼与夜始终与之相对。

"它们是黎明的承诺和黄昏临近的确信。在此，生与死、世俗与神圣相互触碰，相互交织，犹如天与地在信念中构成同一的宇宙。

"原始的禁令赋予非再现以神圣的特征。造物主的语言是不在场的语言。无限无法容忍任何障碍、任何高墙。

"我们为反抗这一禁令而书写，但是，唉，那不是要和禁令发生更剧烈的碰撞么？言说无非是想质疑一下不可言说罢了，而思想也不过是想否认一下非思想罢了。"①

造物主用律法将其子民改造成了一个祭司的民族，又通过书将其子民打造成了一个读者的民族。

造物主在向其造物提供造物主之书以供阅读的同时，又要求他的造物教会他用人的眼睛重新读书作为回报。

所以我们或许有权认为，如果犹太人因造物主的拣选而成了犹太人，那么造物主也因其造物的介入而成了犹太人。

犹太人生活在造物主的内心，造物主在同样的词语中也生活在犹太人的内心。一页神之纸，一页人之纸，且二者都有造物主作为作者，都有人作为作者。

犹太人与造物主之间的亲密关系即由此而来，犹太人从不会夸大这种因独特性和特异性以及相互的定期交流而形成的亲密关系。

造物主需要人能够超越其本能的理解力去听懂他的话语，直至人能够独自面对自己，独自面对他人。

---

① 引自《界限之书》第一卷《未被怀疑之颠覆的小书》中的一章《禁止表达》。

读者都是潜在的作家。他使书成了自己的书。他为自己而改写书，丝毫不在意书被改写之后能否面世！他俯身于书，印制出的书的词语在透明的词语之上有序排列。这部湮没于书中的书，时而是我暗示的那部梦想中无与伦比且无法模仿的书，时而又是一部徒劳地想通过字句的排列以表达其主旨的书，并希望能相似于那部独一无二的书。这就是我们转瞬即逝的书。

因此，考虑到我的犹太人身份和作家身份，我要阐明自己的观点："首先，我认为自己是个作家；其次，我意识到自己是个犹太人；再者，我绝不会把自己的作家身份和犹太人身份相区别，因为二者同为一个古老话语的煎熬。"

听到这些话，有些人会断言说我把犹太人变成了作家，又把所有作家变成了犹太人；那么，还是让我简要地阐述一下他们与文本之间的共同关系吧。

无论对谁来说，"他说话时就像是一本书"这一评语，对犹太人再恰当不过了。这句话绝非戏言或迂腐之辞，它只是证明了对这样一种观察的嘲讽；因为犹太人永远也离不开书，即便遭到书的抛弃也不改初衷。

犹太人被剥夺了自由，被剥夺了领土，他本能地躲进书中，书随即变为他得以享受自由的永久场域。

犹太人与犹太人之间的关系有如作家和作家之间的关系，这种关系因书的交流而具体化了。

自我与自我之间必有他人：这并非人为的障碍，而是理想的介质。

如果他人已然是书，该当如何？——他人，犹如书；书，犹如他人？

这并不意味着我们要为同一个话语做出保证，而是说我们是自身曾经出现过的回响的证人；可以说，我们是这一话语的亲历者，这句话语的背后流动着我们自己的历史。

对话生死攸关。生者之书只能是对话之书。
唯有对话能够暂时骗过死亡。
两种声音都宣称对话属于自己，对话被裹挟其间，左右为难，它与空无擦身而过；因为，尽管同为激情的受害者，这些声音从未全部消逝；一个幸存的时间总会提供另一个幸存的时间。

因此，我们将因从话语中夺走的话语而死，又将因话语将沉默归还给我们而生。

对话中，双方地位平等。名分相同。彼此尊重。

人的尊严——如同造物主本想让他的造物与他的启示站在同一高度——同样出于干预和判断的需要。

犹太教里，造物主与人的关系中最让我着迷的是人将自己的语言强加给了造物主。造物主的言说没有获胜，反倒是人的言说在那神圣话语沉默之际占了上风。

人与接纳了他的词语一起，没完没了地言说着那话语。他挖空心思地想要丢掉那话语，以便在遗失的尽头再重新觅得。此即犹太式注释的美德，犹太式注释从来不是对文本的庸俗化解释，相比于文本的漫漶艰涩，它更像是对内心话语的深化。在那儿，造物主缄默不语，只充当听众，任由其造物言说。

此即身为犹太人的至简与至难。要我说，是至难的至简。为什么犹太人被问及身份时连一秒钟都不犹豫就回答说自己是犹太人呢？难道他那么快就忘掉了作为犹太人的那种同样的艰难么？为什么犹太人为了表明自己的身份都会借助于同样的犹太教，而无论自己是否具有宗教信仰呢？是不是因为他们都拥有同样的过去和未来？是不是存在着某种犹太人的命运呢？

但一本书的命运的确是存在的。那是一本书的过去和未来，一个极为古老的源头就隐匿在那儿，但它无非是一道伤口，是沉默因一时大胆而留给沉默的一道勉强的抓痕，该源头从此便被沉默掩盖了起来。

此即犹太话语的源头。

"和你的词语一起进来吧，我的每个词语好像都在向我们推荐这本书。你在此会有自己的位置；我会在此容纳下你的过去和未来；因为我与时间同龄，我拥有缺席的永恒岁月；因为我便是时间中的永恒和永恒中的时间。"

如果这种完全成为犹太人的艰难也是每个人成为完整的人的艰难，该当如何？

人之伟大，存在于问题当中，存在于他有能力向自己并向同类提出的问题当中，也存在于向宇宙提出的问题当中。

文本中，总有一个未被感知的事实挥之不去，总有一个关键的词语困扰我们。

死亡是个词语的旋涡，生命总想赋予其内涵，却忘了会被旋涡吞噬。

犹太人的历史便是沧海变荒漠的历史，只为了能在无尽的流沙中浮现出一个话语，而这话语会将漫漫黄沙演变为书。

或许，确信只是每个问题的动机。此时，它会存在于终极问题的系统阐述当中。

我仍会不时自问，我自己是否真的摆脱了第一部书的阴影，是否真的醒了。

睡眠永远都不意味着意识的丧失。造物主让世界沉睡，是为了创造世界，造物主让自己沉睡在创世中，是为了自己能被创世所创造。

我们合上眼睛，是为了融入宇宙，以便被宇宙唤醒。

我们只能寄希望于觉醒。人的未来就在双眼中。未来或许只是对一道无限之目光的秘密的期待。

如果书写在与词语的相互依存中也要融入这道目光才能达至可读的极致，又当如何？

*

不要过于苛责犹太人不认可的事。这个"过于"是他的创伤。
尤其不要冒失地以我也不明白的什么确信的名义去指责犹太人，因为对犹太人来说，这种确信只能再次成为其诘问的新的主题。

——你有哪些体验要和我们交流？
——有我能答得出的那些体验和没人能答得出的那些体验。

驯狗之人必被狗所驯。

游牧者何等自由！荒漠于他无所求。

一天，流亡者转身离开了自己的流亡。他变成了这一流亡的流亡者，仿佛流亡本身便是他必须定期离开的避难地——哦，这可真是悖论。

所以说，太初伊始，便有流亡存在，这就是我们的漂泊的源头和理由。

自打我意识到自己是个犹太人那天起，我就觉得自己是一个流亡者中的流亡者。

但源头本身世代相传。

它是拖动步履的脚步。

      ……删除当中亦有喜悦：造物主的喜悦，就像书通过阅读对自身的删除而获完成。

      ……一个没有场域的场域，不过是一段旅程。

在两种流亡中，永远都有流亡者在跋涉。

两种界限

我思考界限，却发现了无限。

我思考无限，却发现了界限。

失重会有某种形象么？

看见，意味着赋予物体以空中的轻盈，即去除它的一切重量。

失重状态下，眼睛会获取一个形象：即看到的宇宙的形象。

当圣殿被毁灭、天堂众门再度关闭时，只有一座大门敞开着：泪水之门。

受难即真实。

每种真实都是受难。

他在哽咽。他暂时放弃了他的谎言。

啊，抵近真实时，我们是何等惊慌失措！

如果受难对我们来说就是靠近或远离造物主的方式，就像造物主在靠近时戴上面具，远离时又揭开面具一样，该当如何？

我们与真实之间的联系会受到这些时断时续、往来穿梭的干扰：背弃与重逢。

空白是对白色的颠覆。它使得色彩的缺席在缺席的色彩中失去平衡。

哦，晕眩！

我从两种界限开始书写。

彼端，是虚空。

此地，是奥斯威辛的恐怖。

真实的界限。反射的界限。

只管读一读那无法找到

平衡的东西吧。

只管读一读那决定生死的

令人心碎和丑恶的东西吧。

暴虐的姐妹们，在同一声呼号中，

生与死缓缓熄灭，紧紧相拥。

黑暗即是永恒。

如果今晚我必须以一幅图形来满足我思想的愿望，我会选择一条明亮的线——界线——作为图形，它纤细到眼睛都难以看清。

切忌没完没了地对相反的事物进行比对，而应当让其进行自我衡量与自我评判，这并非为了实现某种融合或达到某种不确定的和解，而是为了让其延续的意愿更为坚定，更为顽强。

我曾经想象过——有时依然相信——永恒犹如从刀剑之下挣脱出的道路。永恒与道路，这二者犹如一对连体姐妹，将生与死、昼与夜分隔开来。

这是一条不了解我们自己的路，却又将我们的路不断拓宽的路，我们的路一旦不再延伸，就无非是一张遗忘张开的巨口。

一个线条决定符号的未来。

勿耕耘荒漠。是荒漠在耕耘你。

沙只属于沙。

悖论

　　……最终，书写不过是将所有的形象——这些
形象的生命已经饱和——以用火祭献的方式祭献给
一个唯一的形象：死亡那匪夷所思的形象。

　　一个词语的形象，不就是一个形象的词语么？

　　一个形象的书写，不就是一个书写的形象么？

　　形象一经亮相，便不再存在。在各种变幻的符号中、在万千被弃绝的脸中迷失的它，变成了一张转瞬即逝的脸。多余的脸。

　　书写是写作的未来。它书写出征服，而征服书写它。

　　因此，某种一切的形象或某种形象的一切，只有在以碎片显示的那个难以想象的一切被废止之后，方能被感知或掌握。

　　一本书的形象就是其标题。形象从来不是形象，而是坟墓。

　　也许，不可思议只是一种非思想，我们无非在其中增加了自己的那

份沙子而已。①

　　哦，荒漠。挥霍的荒漠。

　　俏皮话拥有令人钦敬的、绝不背叛其所弃之物的那种美德。

---

① 　这是雅贝斯的一个文字游戏：他将"impensable"（不可思议）一词分解成正体和斜体两个部分"impen*sable*"，正体部分是"impensée"（非思想），斜体部分是"sable"（沙子），所以他在后面说"我们无非在其中（指'非思想'）增加了自己的那份沙子而已"。

形象 · 书写

词语的形象存在于词语中。字母根本没有形象。

字母是词语消失的形象，是拖累人的痕迹。

如何利用空白？如何将其与另一片空白相区别？

空白本身以揭示路径的方式把办法教给了我们：从可见之空白到不可见之空白的路径。

因此，一个词语代替另一个尚不能自我言说的词语言说，虽然只是一个临时的词语——痛苦啊，早产的词语——然而却已十分确切地言说出了那永远不会被言说的东西。

文字一经展开，其形象便可辨识。我们会尝试在其奥秘中阅读。

那些我丢掉的东西，那些我不得不丢掉的东西，你能为我找回来么？

啊，让我们为完成这个微不足道的任务而团结合作。分享是我们的责任。

我们不再与尘埃一同书写。是尘埃在书写我们。

空无之地，唯有造物主：无垠的虚无。

天际线

死亡在耕耘可读性。

没有沉默的图像。
只有被我们监禁的沉默。

所有图像都引人入胜，可我们每次只能端详一幅。
对语言的所有词语而言，我们在死亡中只能陪伴一个唯一的词语。

寒冷的图像便是我们自己在寒冷中的形象：一幅瑟瑟发抖的躯体的匿名素描。

图像不反映现实，但描绘所有现实的戏剧性终结。

看见，意味着死亡。正视死亡。

风沙为挫败目光、让眼睛流泪而充满快感。

因岁月而泛黄的图像留给我们的唯有怀旧之情：

一幅业已消失之图像的图像。

虚空并非不可见。有一幅图像可与其相伴——就是那幅不可见的图像。

那是虚无放肆的非表示。

十个人围桌而坐。

讨论逐渐升温。

宾客中，只有一个人一言不发。

是心不在焉，还是百无聊赖？正相反。他正以最强烈的关注聆听着那震耳欲聋的声浪中隐匿在话语背后的东西，但他执意保持沉默。

于是，他们当中最年长的那位对他说："你的举止让我们感受到了造物主的真实形象。你像他一样，也想听到我们永远也无法表达出的东西。"

从书到书，我通过书写而诘问的难道仅仅是犹太教么？

我想我已经注意到，在与永恒的关系中，犹太人的书写只能产生于书与其形象的鏖战之中：形象的词语对阵词语的形象。犹太人的书写证实，这场战斗永无终结。

书的扉页和末页都是空白的。

那不可妄呼之名在代表了造物主的缺席——即造物主全能的在场——之后，是否也成了书的名字，并通过字词而成了作家和犹太人的名字？

"作家"和"犹太人"，都是半透明的词语。它们无非有着词语的澄澈与清纯，但只能在词语中枉自挣扎。

有时，难以把握——即不可见——在容忍范围之外干扰我们。

造物主的消失证实了死亡对生命的绝对优势。

造物主缺席，便再无永恒。

所有的光都是黑暗的添加物。

画笔无源。

不再提供观看，但要看看提供了什么。

放弃绘画。绘出这一放弃。

那边，远方，在泡沫覆盖的海洋尽头，漂浮着我们面目全非的脸。

……但犹太教便是生命。在生命和人的内心中，这信念坚如磐石。

流亡的形象

如果墙壁是一张白纸会怎样？梯墙。

我们顺着楼梯往下走，以前爬楼从不费力。

如果书写对我们来说，依然就像这饱含先前攀爬之回忆的扶手，该当如何？

在建筑物的内部，我们越不过顶楼。

一张书写出的纸页也有自己的楼梯。其边缘在外。我们无法用词语将虚空填满。

我的家园被毁灭了，我的书化作灰烬。

在这些灰烬中，我勾勒出一条条直线。

在这些线条中，我放进了流亡的词语。

　　　　　　　　　　墙壁是最棘手的沉默。

　　　　　　　　　　否认虚无。

已读之书：读书从此处开始

否认虚无。我很愿意在这句话上构筑起书；因为，除非否认虚无，否则何谓"活着"？

虚无，是造物主的顽念；虚无，是宇宙的恐怖，被其幻化为星宿的无数眼睛所背叛；虚无，是人类的对手；虚无，是书的竞争者。

语句，表面上看起来很是乐观，它将我们引向一切，引向造物主——那总体性中的总体性；引向宇宙，引向人，引向书；它激励我们在其难以抵达的总体性中去分别接近它们。

但一切不是早已成为虚无了么？

在虚无之上活着，生存于一切分享的生命。

在一切脚下死去，死亡于虚无短暂的生存。

我们将追随犹太话语为我们开辟出的那条路前行。漂泊中，有两句话将始终伴随着我们。活着时："神就照着自己的形象造人"；死去时："……你本是尘土，仍要归于尘土"。①

---

① 典出《旧约·创世记》1:27 和 3:19。

往昔的坚韧有如浪涛和大海，波翻潮涌，所向
披靡，始终搅动着未来。

犹太人将为自己所做的贡献——精心保管着
书——而被书拯救。

每本书都可能是有关这一拯救不断再生的
传说。

如果造物主的脸是脸的滥用——滥用了一副取
代了我们之脸的脸——该当如何？

如果不是造物主以其相似性创造了人，而是人
在某一天突然以自己的形象开始想象造物主，又当
如何？

此即有能力之造物的傲慢与谦卑，因为他也可
以创造。

如果那神圣的创世由于不完善而仅仅建立在绝
望之上，而我们也深陷于每一次创造之中，该当
如何？

如果书费尽全部心力和胆魄，也只能对最后一
页之空无进行无谓的反抗，又当如何？

第四卷

| 分享之书 |

还在我生命的早年，我就发现自己面对着不可喻解、不可思忖的死亡。

从那时起我就明白了，在这个世界上，没有什么是可以分享的，因为一切都不属于我们……

我们心中有个话语，比之其他话语更有力量——也更具个性。

这话语属于孤独与确信，它在一己黑夜里藏匿得如此之深，所以它几乎聆听不到自己。

这话语属于拒绝，却又绝对是重然诺的话语，它在冥冥之联系的沉默中营造着自己沉默的联系。

这话语无法分享。只能祭献。

书的苦恼

一本书和下一本书之间，会有一本失踪的书留下的空白空间，我们不知道它会和两本书中的哪一本发生联系。

我们将其称为苦恼之书，因为它与二者都有关联。

有些书比之其他书会更受青睐。

这些书在成书过程中，先天拥有把握机会、充分利用各种资源的能力。

它们会引发周边的嫉恨。

但也有一些书，比如本书，就没有享受过任何优渥的待遇，有的也许只是一个遗世独立的作家在隔空助力：他在漫长的挫折和沉默中，几乎不对自己的笔或世界抱有期待，但即使不承认，他仍潜心等候着书的问世。

"您是从什么时候开始写作的？"有人问一位伏案写作的老者。

"自打书向书敞开那时起。"他这样回答。

若造物主是书，其完美只能体现在语言上。

将自传体文学引入犹太文本，还那个"我"以本来面目——那个引发普通命题的特殊命题——先肯定脸的存在，再着手慢慢抹除这一肯定。

他曾经写道："有朝一日，我们终将能在字里行间阅读，读懂那些留白——我们是靠它们才接触到词语的。

"只有到了那天，造物主才会最终失去这本书。"

他说："如果话语不仅对人撒谎，还对造物主撒谎，该怎么办？

"那将使我们有关真实的理念严重受挫。"

造物主的真实存于沉默。

依次陷入沉默，冀望与之融为一体。

可我们只有通过话语才能察觉到这一点。

唉，可话语每每使我们离目标更加遥远。

他说："据我们所知，尚无任何词语可以完整地表达我们。

"但我们又必择其一，所以只好当它就是那个最佳的、唯一的词语。

"这就是作家编的剧本。

"自欺欺人，自我背叛。

"明知故拒。

"因其受难，并因其死去。"

书的秩序通常意味着战胜遗忘。

如何阅读一个满是空格的故事？

读这样的故事，我们很快就会不知所云。所以必须求助于回忆，委身于记忆。

不要放过任何蛛丝马迹。要将它们一一精心辨认出来。

兜不了圈子——兜圈子是记忆的陷阱。要敬畏未知。

缺失。空白。

一条曲线，其实就是一条被自己的莽撞吓坏了的直线。

令人放心的循环状态。

犹太人，水晶般的名字，

在苍穹闪光。

捣碎钻石，把细细的尾矿残渣撒在我们那些死者的骨灰之上。

彼岸黑暗的辉煌。

最终的校样：清样。

配上老字符。明天，你会看到一个人的生命在其认可的前提下被揭示出来。这个生命的题目尚无着落。空无自有主张。

一只鸟在我们头顶盘旋。

哦，鸟羽的斑点。优美词语飞升后的留痕。

天堂里，一无可读。

我们用死者的书掩埋死者。

那本书

对生命，我们向来准点。

书如沙漏，每次都为我们精准定时。

遗产之一

跨越整个黑夜，方能抵达清晨。

要与每道阴影抗争，不是迎战，而是包容。

腾挪闪躲，免入困境。

不使其阴谋得逞。

对人而言，如果确信是一种需要，而确信本身仅仅是对倒数第二个问题的茫然回应，最后一个问题便依旧没有着落。

……茫然，有如不宜建房的空地，会随建随塌。

有位哲人说过："我的笔很诚实。可词语，唉，就不见得这么诚实了。"

他说："何谓纯洁？——纯属骗局。

"谎言有时清澈如真理。"

他又接着说道："正因为太透明，我们往往把它们搞混。"

有位哲人说过："谁能以海洋的名义言说？谁敢自诩自己就是无限的代言人？

"卵石只对卵石言说，用的却是宇宙的词语。

"我说过自己是出于信念才写作的么？

"我因为没有任何信念才写作。

"我们最为斩钉截铁的主张都会被荒漠否认，因为它才是向一切提出的问题，它才是虚无的地平线。"

刀片从来不敌铁棒。

沙从来不会否认它与沙之间的联系。

遗产之二

　　他说："神圣的呼唤先于造物主。词语的呼唤早于书。"

　　真实对心灵是莫大的慰藉，可一旦寓目真实，又是何等痛苦！

　　他曾经写道："书并无偏爱的场域，但可能会有一处非场域，由可能想象到的所有场域构成。"
　　有人对此回应说：
　　"如果没有人知道摩西葬身何处，那不正好说明那本书的场域非止一处么？"

　　真理不可分割。
　　从源头起，真理即已分享。
　　分享有待合法。

他说："你所称的真实是支离破碎的真实。

"每个人都有自己的真实。

"一旦从整体上将这些悲惨的碎片撕落下来，除却苦难以外，就再也不具有现实性。

"那是不幸的真实。"

我们赞成真实，但若这种赞成不是为了真实而只是为了让我们在思想上和行动中有所慰藉，那我们自己作为这一真实的推定持有人又有什么意义？

或许这样说更为贴切：我们是站在真实一边的，因为一个人总要贴近其信赖之物，因为他深知，一切信仰都不过是将意义赋予生命而获得自我认可的。

总之，真实之正当，有若生命之正当。

——您如何看待真实？

——犹如真实如何看待我。

分享宇宙，哦，倔强之书与可感知的贫困之书。

坦诚之书——虚弱之书，奉献之书，正像一张坦诚的脸。

造物主分开黑暗与光。

他惊奇地看到白昼变为黑夜，黑夜化作清晨。

两极的吸引力不可抗拒。

环。

阅读或许就意味着在阅读中持之以恒，书写——哦，宿命的字词——则是可感知的贫困。

亏欠"绝对"的债务，我们永远都无法全部清偿。

如果思想不过是非思想的悔悟，不过是迟来之忏悔的告白，该当如何？

有如接踵而至的一个个瞬间，一本书中的词语只有借其后出现的词语方可阅读。阅读中，我们也许真正开始无邪地阅读未来。

问学伊始，即要坦诚。

保留这份纯真。

问学的智慧。

他说："书写或许意味着初次言说。"

谁将书写漂泊？——漂泊与我们共同书写。

漂泊中，我便是漂泊的书写。

＊

"咱们还是回到您的文字上来吧：空信封。真的，这让我很困惑。

"空信封，是的，就像一个忘了装信的信封。

"这就是您的意思，对么？

"因为从来就不会有信。或者这样说吧，信其实纯粹是收信人的自导自演。我们期待并希望收到的这封信其实就是我们原本想寄给自己的信，无非是经过了通信者之手而已。

"在此，予和取变成了一码事。

"我打算何取何予？——什么也没有，所予尽予，所取尽取。诘问留下虚空。这种虚空对另一个初始自由之探索的问世是必要的。"

——《从荒漠到圣书：马塞尔·科昂访谈录》[1]

---

① 《从荒漠到圣书：马塞尔·科昂访谈录》（*Du Désert au Livre: Entretiens avec Marcel Cohen*）是雅贝斯的一部作品，法国：Belfond 出版社，1980。马塞尔·科昂（Marcel Cohen，1884—1974），法国语言学家。

*

"我收到的遗产，"他说，"是一本书的希望。

"那遗产有毒！此后，随着我每部作品的问世，这个希望的大部分都已消失了。"

他又接着说道：

"我们通过书写而不懈追寻的路，难道只是一个我们依然奢望保有的某种缓慢终结的希望么？"

有些人认为希伯来民族只理解了那本书的第一个词语，而其他人则认为希伯来民族只理解了第一个字母。

只有摩西能揭示整句话和整页纸。

希伯来民族读摩西的书，犹如我们读某部作品的摘录。

整部书传输完毕，摩西便不再吭声了。

于此沉默中，犹太人认识了他们的主。

遗产之三

谁是犹太人？——也许就是那个从无确信，却在这种或然性中逐渐察觉自己犹太人身份的人。

犹太教会在未来出现整合。

那本你正在小心翼翼破解的书，不仅要读给自己听，更要读进自己的心。
读文字背后
被抹去的东西。

有位哲人说过："犹太教的要点就是不停地引述语录。

"啊！比之'犹太裔'这个词，'犹太人身份'一词在完整性方面似乎更为清晰。"

封印与骚乱

"你将用伪造的方法写出我的书，这种伪造的行为将成为你的痛苦，让你再无片刻安宁。

"这本伪书将启示出另一本书，并依此推演，直至时间终结，因为你的后嗣必定绵延不绝。

"哦，书写之罪的子孙们，谎言将成为你们的呼吸，而真理将成为你们的沉默。"

造物主可能会对摩西如是说。

而摩西则可能这样回答："为什么，主啊，为什么要罚你的造物去说谎？"

造物主可能会接着说：

"如此，你们的每本书才会成为你们的真理，在我的真理面前，你们这些毫无价值的真理将崩塌并化作尘埃。

"此乃我之荣耀。"

有位哲人写道："让你心中那奄奄一息的话语闭嘴吧，几千年来，它对宇宙一言不发，只管去撄扰着圣人和先知。

"哦，烦躁的、周而复始的黑夜；隐藏于时间之夜的黑夜，或许你无意间会由此成为那洞察不祥之兆的话语。"

> 那本书的子民
> 他们中的摩西，随着造物主，
> 变为造物主通过其显身
> 又消泯于无形的
> 那个字母。
> 居间的圣徒。
> 认可神圣的
> 缺席。书写出我们正读着的
> 这一缺席的文本。

他曾经写道："人的每句话语都是对神的*话语*的冒犯，不是因为人的话语奋起反抗神的*话语*，而是它迫使后者否认它。"

随后，他又继续写道：

"对这二者而言，如果这种激烈的，以一方取代或摧毁另一方的意志是其存在的唯一方式，该当如何？"

造物主在其缺席的最秘密的中心被命名。

他说："或许，像造物主那样永生的不可能性就寓于人必有一死的可能性当中。"

亚当，或焦虑的诞生

于是，伴随着那缺失，

焦虑降生了。

一枚落地的果子——夏娃曾在同一枝头摘下那枚命定属于她的果子——在倒伏的树的脚下日渐腐烂。

腐烂的果子。它名叫：焦虑。

虚空之前的虚空之形象。

啃这枚果子的时候，夏娃是否知道她正在吞噬着自己的灵魂？

如果书只是一个缺失之词语的无限记忆，该当如何？

缺席就是这样对缺席言说的。

他说："我的过去为我施辩，但我的未来对篮子中的各色品种依旧闪烁其词。"

试想一下没有下一个白昼的白昼，没有前一个夜晚的夜晚吧。

试想一下虚无和虚无中的某物吧。

如果有人告诉你说，那个小小的某物就是你，又当如何？

造物主创造了亚当。

他把亚当创造为人，却剥夺了他的记忆。

一个既无童年也无往昔的人。

（没有眼泪，也没有欢笑或微笑。）

这来自虚无的男人，甚至在这个虚无中无法声索半点份额。

造物主可曾有那么一刻想过，他真的要把他将来会赋予其他造物的东西一下子都从这个人身上夺走？

亚当，因造物主的意志而成为虚无之子，成为无缘无故之仁慈的果实；

未等成熟便已成熟的果实；未等发芽便已枝繁叶茂的大树；未等无中生有便已生成的宇宙；但，仅存于造物主的默想。

满脑子奇思怪想的人，他就靠这个奇思怪想而活。

束缚于虚无的人，被束缚于一切缺席的缺席。

往昔让我们安心。没有安全感的人能托付给谁？能托付给什么？

此人无光无影，来无由，去无路，除了时间外的那个场域再无容身之地，时间于他了无意义。

物体想必亦会感受如斯。但即便物体也必有其物性记忆，记得它们是木还是钢，是陶土还是大理石。记得它们的缓慢演进——向着它们代表的这个物体的意念和知识演进。

哦，虚空！无所依靠，无所指望，莫非这就是焦虑？

时间塑造我们。没有过去就没有当下，也无从想象这个"我"。

在最完整的意义上成为孤儿，失怙失恃，甚至自身尽失——我们不就是因那个灵与肉的那个体验时刻而孕育的么？——对他而言，看与听是怎么回事？说或做意味着什么？一个话语有着怎样的分量？未来其影响又将如何？能为他带来何种益处？他能从任何一个行为中期望得到何种满足，何种安慰？

是发现、邂逅、惊喜、失望，还是奇迹？大概都是吧。但这种比较是在何种研究方法方面、在回应何种内心追问方面缺失了呢？

关键在于受精卵、卵子和胎儿。

神秘和奇迹。

丰产之遗忘。它以心灵和灵魂之名推着我们去探索心灵和灵魂。它助力我们发掘意识的不同路径；学习，忘却，对所提供的一切来者不拒，而无论黎明或夜晚；总之，是为了每天都创造我们自己。

我不存在。我之所以曾经为人，是生命允许我存在。

于是，我存在，我被最好的和最坏的一切、被我曾热爱或逃避的一切、被我获得或失去的一切所塑造；随着生命的流逝，由受瞬间支配的瞬间所塑造。

夏娃从亚当的沉睡中出现，她遵从造物主的意志在他身旁醒来。她同样是在没有童年、没经历过身体成长和发育、没感受过心智开发也没经历或反抗过性欲之激情的情况下成为女人的。

他们看着彼此，一言不发。他们又能说些什么呢？他们只能观察，只能琢磨他们之间的差异。

无聊而拘束的日子一天天过去了。那也是焦虑的日子。

他们是造物主的玩偶。他们一同生活，却从对方一无所获。他们活着，却漫无目的，甚至没有一帧图片、一幅肖像证明他们的真实。

只有一具陌生的躯体和一个不开化的心智。

此刻，蛇登场了。在此，那爬虫的诱惑声直抵他们的耳鼓，那可能不过是他们一己之焦虑的急促的声音。

啊，对他们来说，求知的需要已绝对不再是好奇，而是被治愈的渴望，因为造物主带给他们的是存在的痛苦与伤害。造物主搞错了。造物主犯了错。

如果夏娃之罪其实是造物主之罪，如果是夏娃因为对造物主之爱而自我承担了这份罪责，该当如何？如果夏娃之罪既是爱之罪，又是出于拯救自我、拯救亚当的疯狂念想，又当如何？

焦虑促成行动，加速了他们的自由之来临。

对他们而言，违抗造物主的诫命，意味着重新发现自己的人性。

大自然实施了报复，肉欲之罪将被证明只是繁衍之罪，精虫的荣耀之罪。

循此而生者，短暂之永恒。

由于不曾经历过童年，处于软弱境地的夏娃和亚当早早地就重视传宗接代。因为造物主早就抛弃了他们，让他们自生自灭，因而他们也抛弃了造物主。不可否认，他们的自由——哦，孤独和伤口——就源于这种双重的抛弃。

但有两个问题依旧存在。

造物主造人之际，是否知道他永远也无法造出一个如他一般的人，因为这个人只能属于自己，只能成为他自己意欲成为的人？

夏娃后来表现出的软弱是否对造物主是一个教训？对亚当来说，她的弱点是否导致了他们特有的存在意识，是否成了接受生死的必不可少的考验？

灰色

白与黑的焦虑：灰色。

词语来不及变黑就倏忽而过——你可以将它们称作晕线。但它们依旧把灰色留在了纸上，那暧昧的色彩模糊而又熟悉，对我们合上的双眼尤为珍贵。

……飞行中捕捉到的空灵一现。它们灰色的影子与尘埃混合，永远也不会知道那灰色曾是至深的夜。

他说："如果一个写出来的词语突然从黑变灰，那是因为纸页的无限将它洇淡了。
"哦，透明！"
接着，他更像自言自语似的说道：
"透明，啊，奇迹出现了。"

烟。烟。天空是灰色的。大地和海洋也是灰色的。

一种前所未有的死亡阻断了黑夜与白昼的聚合，甚至世上全部的灰色都在扩展。

哦，痛苦！深渊！

我们当中，有谁能描述出我们知道自己在烟的遮掩下看到了什么？是什么引发了其深邃的、挥之不去的在场，并以其执着击退了我们的双眼？

灰烬。灰烬。

啊，请爱只为自己而活的那生命吧，唯其如此，才能免于过早地面临死亡。

有位哲人写道："与世隔绝——哦，陷入瘫痪的黑暗——人怎样才能抵达造物主那阳光般的词语呢？

"你将打破这本封印的书。

"造物主有如飞升的光，他又怎能在飞升的途中，在只有些许微光的地方为我们昏暗的词语逗留片刻呢？

"只有寥寥一些字词将人与造物主分隔。"

灰色是开端中的宇宙。

他说："如果你盯住一个人，一个物体如星星、鲜花或卵石的时间足够长，你最终会看见其内在的虚空。

"双眼劳累或极目远眺，又有什么关系！

"虚空已入眼帘。"

有限：一切不复存在。

无限：一切都会更多。

译入语 · 译出语

某种意义上，思索沉默即意味着传播沉默。

沉默并非语言的脆弱。
与此相反，沉默是语言的力量所在。
话语的弱点就在于不明白这一点。

——有什么是属于你自己的？
——一次呼吸。它为我的死亡作保。

与其说感觉，不如说固守那造就了词语的
沉默。
在将二者化作纯粹的聆听之后，你会从沉默和
你自己身上学到更多的东西。

书的声响：一页翻过。

书的沉默：一页读毕。

从沉默向沉默过渡似乎不可能没有呻吟。

噪声是个聋人，其残疾有时让人忍无可忍。

沉默是孤独的宇宙。它需要娴熟和敏锐的听觉。

此即为何当它不顾一切地希望让我们了解自己的听力遭遇了何种感知方面的麻烦时，常常会痛苦不堪。

有位哲人曾经教诲我们说："书写是一种沉默的行为，让书写本身在永恒中得以阅读。

"因为造物主所有书写出的行为都是无声的。"

一

有些书"制造轰动"，也有些书故作沉默。

前者因过于聒噪而不值一提，后者因不能简约而无足轻重。

书写意味着无论白天黑夜都能心明眼亮。

就像鹰与鸮。

晨曦之鹰：作家；中宵之鸮：字词。

融入同一个无限的目光。

声音有若呼吸，划定既已说出之话语的空间。外部空间。至关重要。

那些书写字词的空间是书的无限空间：步出黑暗，夜便融入白昼。

哦，幸存。

他说："言说，意味着为沟通而妥协。书写亦如此，但因其沟通无方而辗转纠结。"

他又说："思考，意味着与思想漫步。

"思想者很清楚，路在脚下，而未来属于未知。"

他曾在笔记中写道："如果有人问我，一切奥秘中有哪个会永远不能理解，我会应声而答：一眼看穿的奥秘。"

二

双头连体姊妹：思想与诗。

一切都是思想的一部分。因此诗歌很可能就是这样一种双重感性的表达：心灵与精神的表达。绝顶之话语。

诗思考于诗。思想邀约周边思考。二者犹如天花板上的吊灯或巡视海面的灯塔，都位于预想不到的中心。

被我们的信仰与怀疑所封闭的宇宙：深层的飞地。其救赎唯在出口。

诗是直觉之光，以其淡淡云翳包裹着词语，伴随着词语直抵白昼的门槛，在此，诗被书写出来。

奥秘早晚会被揭穿。

诗人在诗带来的亢奋中思考，思想者在诗带来的不安思绪中思考。

为思而思，因爱生爱，诗只能因诗而获拯救。

三

"你要走。我知道我留不住你。我的眼泪和我们欢笑的回忆也留不住你。"

女性的声音，我故土的声音，多少次，它在与遗忘搏斗？

再次上路的人，行囊中仅有一本未完成之书。

哦，爱人。

有位哲人说过：

"对我们来说，既不存在出发也无所谓折返。

"只有穿越此书的漫长而艰苦的跋涉。"

四

创造虚无。

使之熠熠生辉。

如果虚无背后隐藏着一部文本呢？

一部虚无的文本。

是我们所有的书么？

我们呼吸，我们阅读。

相同的节奏。

书写的语言有没有可能既在语言之外又在语言之内？它是否从一种共同的语言中分离出属于自己的语言，并带着它超越语言另觅他处，在那儿，它面对无限，伶俜无依，但始终处于那个它竭尽全力探索一切可能性的语言内心？

你在和同你讲话的人交谈，你在孤独中书写，只有"孤独"一词前来与你相聚。

毫无疑问，正是因了这种双重孤独的对抗，书写的语言才具有了其独特性。

众所周知，母语是我们牙牙学语的第一语言。

基于这个共同的基础，我们能否宣称存在着某种"母语"书写，存在着某种分享的文字，存在着某种初创的页面？

但孩子的处女作是书法练习，而不是尝试发掘原始文本：那诞生了一切待书写之文本的母本虽然难以捉摸，但此后不会停止困扰我们。

作家的使命就是读到别人有意向他隐瞒的东西。

书面的张力。

我们可以说一位同乡"乡音未改"。但我们会说"他写得和你我同出一辙"么？

不会的。因为在文字里，在写作过程中，总会发生一些我们几乎注意不到的事情，那是一些神秘且可能非常古老的东西，但在口语中常因我们急于固执己见而被忽略。

或者，准确地说，书写正是有别于这种固执己见？

我们书写于这两种放弃之间。

作家用语言中的词语锻造出一些新词，那并非新创制的词语，而是他呕心沥血浇灌出的词语。他创立了第二种语言，这种语言的所有要素当然仍植根于第一种语言，而该语言此后只属于他自己——哦，悖论——不再属于任何人。作家的这种语言只想成为书的语言，只想成为某个摆脱束缚之词语的瞬间和延续。

口语唯有极其贴近主题、极其贴近想要直白表达的内容时方能听到。书写则可以播扬至远。前者且言且过，后者则需不断推敲。前者涵盖并揭示已掌握的讯息，后者则鼓励语句推陈出新，并为其耀眼的拓展界定范围。

我们绝不能将语言的清晰与文本的清晰一概而论。
一个赫然于外，一个闪耀在内。
流动的边界。

甩出坏牌。

比之日常词语，作家的词语拥有的优点既可能更多，也可能更少。这就是词语精确的概念：作家在这或多或少当中时而要添加些东西（如幻觉、盲动、梦想、意念），时而要根据自身的不足或其他词语试图削弱的无限虚空而有所删减。因此，写作始终意味着期待一个尚未到来的字词以获得拯救，作家只能在未来中表达自我。

不要相信晦涩的写作会因其晦涩而有利于另一种写作，那样就会陷入被动。
文本在词语中生死，但我们只知道这一死亡是所有话语的后裔，对其他则一概不知。

有位哲人说过："镌刻，词语腐蚀着所刻的材料——不论是大理石还是青铜——反过来自己也被腐蚀。

　　"词语饱灌墨水，供纸页畅饮，然后与纸页一起死于干渴。"

　　他又接着说道："书中的书之信仰的姐妹，哦，饥渴，水的复活中顽强的信念。"

　　"你有没有注意到沙子里的那些空洞？"一位哲人问他的旅伴，"它们是认识词语的最古老的痕迹。

　　"它们被风发掘。"

　　语言的春天。芽的形态，哦，叶蕾。

　　书写之纲常存于词语中。

梦

我猛地被门铃声惊醒。

我想去开门，却动弹不得。

一名年轻男子走进我的房间。"我是邮递员。"他说，并把信递给我。

他发现我无法伸手拿信，就说道，"我把信放在你床对面的那个小圆茶几上吧"，然后就不见了。

多少天、多少月，也许是多少年以后，我才看到了这封信。

我打开信封，看到纸页上端写着：

L. M.①

我想到了"书"（LIVRE），想到了"死"（MORT），它们的首个字

---

① "L"和"M"这两个字母是"书"（Livre）和"死"（Mort）两词的首个字母，意为"死去的书"或"书死去了"。

母刚刚被送到我的手上。

下端写道：

"此地，是所有阅读的终点。"

三个传说

他把自己的书送给老师，老师读罢又重写了书，然后把书送给了自己的老师。

老师读罢又重写了书，并像弟子们那样把书送给了自己的老师。

老师读罢又重写了书，他同样很在意自己老师的评价，于是赶紧把书送给了自己的老师。

老师认真读罢此书，认为他的四个弟子是在抨击他的学说，就把书丢进火里去了。

*

哲人对炫耀自己财富的富人说："我悲悯于你的贫困。"

哲人对哀叹自己不幸的穷人说："我欣慰于你的富有。"

他发现无论富人穷人都听不懂他的话，于是便对富人说："你的财富蒙蔽了你的双眼，对你而言，清晨即黑雾重重。"又对穷人说："泪水背后，你的双眼如此广袤，世界会急欲在此避难，并基本可以选定自己的家。"

他又接着说："正因为造物主贫困，他的创世才能以其如此自由而虚空的目光去拥抱天地间数不尽的财富。"

"可我饿了。"穷人说。

哲人泣不成声。

*

有个弟子指出，那本书也许并不像我们想象得那样完美。对此，老师回答说：

"我们对造物主的困惑在于，我们确实弄不懂他是完全死去了还是完全活着。

"他的奥秘就存在于这个'完全'当中。"

他又接着说道："如果他死了，我们就必须把他的书接纳为唯一的书并依此阅读。

"但如果他还活着，我们可以认为这是他的第一部作品，并且为下一部作品开辟了道路，我们的阅读也会因之发生显著的改变。"

*

有位评论者说："我还有几个问题，首先是这个：

"如果造物主不是唯一的那本书的造物主呢？

"那我们就必须去其他作品中寻求那个神圣的话语。

"可谁敢去冒险呢？"

*

"如果就是造物主的话语想让我们冒此殊绝的风险呢？

"啊！那就且听且看沉默的自我开启与自我闭合吧。或许这就是那个神圣的讯息。"

*

"也许根本就没有什么神圣的书，"另一位评论者说道，"可能只有对一部空白之书无条件的神圣效忠。"

*

完美的事物不存在。一切都有待完善。

未来创造我们，亦毁灭我们。

财富的份额

他曾经写道:"什么属于你?——几乎没有,而且这个'几乎'都纯属多余。

"……多余,就像把一杯水递给一个根本不渴的人。"

有位哲人说过:"我们永远不该问自己的问题是:什么属于我?

"有个问题我的确会问自己:哦,年轻的朋友们,你们亏欠我什么?"

他马上又补充道:"你们当然不欠我什么,因为如果没有人听从我的教诲,我的教诲又有什么价值呢?

"与其说我的财富属于我,还不如说属于你们。"

门徒们回答说:"可是,既然只有在我们放弃这些财富的意义上它才属于我们，那我们永远都无从评价的这些财富又会是什么呢？"

哲人答道："或许这就是虚无的分量。"

"可虚无又能有什么分量呢，既然它就是虚无？"弟子们齐声问道。

于是哲人说："假如这个分量就是我们悠悠世纪之知识的总的积淀呢？累积的尘埃。"

太阳是贫困的星宿。

问题本可以成为我的财富，如果问题本身不那么稀缺。

我们回答问题的时间不消片刻，提问的时间却穷尽永恒。

哲人永远是先于我们阅读的人。

条条大路通死亡，通往空无的路却仅有一条。

前进，让过去在前面的加速前进。
宿命的组合。

任何终结也许都是阴阳双火的仓促聚合。
耻辱不泯。

一火一焰。

我们得和文本的空格和文本的行距携手同心：它们既是连接的希望，也是连接的停顿。

从清晰的线段到漫漶的线段：生命的旅程。

他曾在笔记中写道："引领往昔走向结局并非强迫其终结，而是为未来赋予某种功能，这样也许就赋予了它某种意义。"

"昨天"（Hier）一词本可以和"绑定"（Lier）一词同韵，但发音却不相同 ①。

我们能不能像过去那样把词语和声音绑在一起或从其内部把它们拴在一起，用这个方法去固化那些总想伺机溜走的词语呢？

绑定的赌注。

可读性也许就是碎片状态下的不可读，是劫后余生的壮观场景。

碎片之后的碎片。

从书写到文字的过程了无痕迹，因此它总是原初的过程，此过程不

---

① 法语中，这两个单词均以 er 结尾，但读音不同。

是来自源头，而是迎向源头。不可昭告的开端。

死亡是亟亟于结网的蜘蛛，而词语则是飞行中被逮住的蝇子。

哦，死后诞生的书。

一经书写，"我"无非是对"我"详尽无遗的书写。

认可。

少部分灰烬一时间已归我所有，随风而逝的一部烧焦的书的余烬。

尘埃无权。

合股线：和谐。

两种语言之间的亲缘关系。嫁接的那一部分①。

风中的一片树叶，有如荒漠回收的一颗沙粒。

你阅读这一回收。你阅读荒漠对沙粒的胜利，然后，意想不到的转向发生了——反转，反转——沙粒战胜了荒漠。

每本书首先都是一部历史。

---

① 这是雅贝斯的一个文字游戏：他将"parenté"（亲缘关系）一词用正体和斜体分解为"part *entée*"两个部分，其意就变为"嫁接的那一部分"。

汁液攀升，生命喷涌，哦，真实。

翻修时间，世纪的建设者。
粉刷神殿的四壁。

星星之火。睡眠中的星星之火。其柔光有助于梦境绽放。云雾般的旋涡，哦，太阳背后之历史的夜间版本。

代价高昂的非现实。

开槽。钻石服软。

蜡烛在黑暗中移动，移向火苗的摇曳之光。
它看似融化了，其实那是一种错觉。
实际上，死亡已强势拖拽它超越了自己衰减的光。

耀眼的空无。临终的燃烧。
两个宇宙，为了一个太阳。
哦，黑夜，宁静的休憩，从我们垂下的眼睑遮暗的沉默中被拯救的空间。

我们将活在那个渗透了我们生命的死亡当中，书的生命。
一个瞬间之碎片的词语。

因此，我们学会了在同一种存在的可读与不可读的结合中出生和死亡。

伴随着我们心跳的节奏。

如果你知道我们的家园何等脆弱，自己何等脆弱，就会不寒而栗。

软弱状态下，力量是以应用行为的次数来衡量的。要克服一切软弱。要服从一切力量。

人与书同样易受伤害。人因其身心而易受伤害，书因其词语暗中作祟而易受伤害。

为了让"你"成为真"你"，"我"必须首先成为真"我"。

"我是谁？"被"你是谁？"呼应。这一问题注定会在问题中自行溶解。

有朝一日能像合上一本书一样终结自己的生命，因为我坚信终结中自有黄金屋。

任何占有都在那个怂恿我们占有的节骨眼儿上让我们不知所措。

纸页。纸页。

我们死于让我们成为我们之物的可能性远大于死于我们的真身。

我们那些被确认的财富都不会绝对属于我们。拥有那些财富的快感反倒可能为我们所独有。

有位哲人曾经写道："我们知道自己拥有得极少。可我们从不认为这小小的拥有依旧不属于自己。"

我们只能剥夺自我。

在书写之下写作。为写作而书写①。不是"在……之下"的书写，而是像弦承于弧那样依自身的意志书写。哦，目标辽远。另一种记忆的词语。
死在词语之前，抛开词语，以便像孤儿一样死去。
我们只会去书写文字自身提示给我们的东西。

聆听阒然无声。我们会怀疑这是从眼睛中偷来的一纸书页么？
白色。白色。
阅读藏匿之物。
干旱！饥馑！

每个词语首先是一个迷失之词语的回声。

死亡在确信能找到其渴望之物的地方可以大展身手，但在我们未给它留下一鳞半爪之处，唉，却束手无策。

---

① "sous-écrire"一词为雅贝斯自创，由"sous"（在……之下）和"écrire"（书写/写作）二词组成，汉语不可译，姑且根据上下文暂译为"为写作而书写"。

此类情况下，死亡的权利或许只是不把我们的终极礼物赋予永恒的合法权利，只是一个带着仍属于我们自己的某些东西自愿赴死的机会。

他说："我的生命被困苦摧折，犹如一条生锈磨损的缆绳，但岁月之船既然仍将我视为装备，那我就绝不退缩。"

他又接着说道："或许这就是一幅生命的图景：在无所防护的链条上持续磨损的双股绳或紧固索。"

光不受任何束缚。

我们无从消费自己的死亡。生命挥霍完毕，死期即至。

他曾在笔记中写道："重复有时可以强化和扩大既言之言。

"因为每个衰减的声音都有其放大器：扩声站。

"话语系于一线，并通过线路移动。"

赞同死亡的建议。

灵魂的弱点。

死而无憾。

花开结果。

万事之始，皆有其源。先期而至的并非"早已"，而是对早已的拒绝。

骗子作局。

给我们的地产划界。还应知晓它能延伸多远。

黑夜讲述自己的故事。
黑色的传说。
被黑暗包裹的字词。
缺失。缺失。
白色，终场。

写作过程中，词语对写就的东西失去了兴趣，就像旅行者受道路的
诱惑而忘掉自己的目的地。
此时，没有对文本的忠诚，只有对书写过程的屈从。

勿使词语变酸。它们寿如美酒。

守财奴的刻薄。

接受我，只当我不存在。你会迫使我否认自己。
借此策略，或许可以让我通过你知道我本该成为谁。

你想要思考一切，但你的头脑不可能思考一切。
在愿望与能力之间，哦，无限，哦，非思想的虚空。

太阳。

独目。

他说："将思想想象为一株植物，一棵树，一朵花，一只果子，甚至是一叶小草。

"再将非思想想象为天空，蔚蓝的天空，昼与夜的天空。

"未知令我们干渴。

"水，有水才能生存。"

你选择了安全，选择了宁静：你选择了答复。

我选择了不安全和忧虑：我选择了提问。

我在生命的边缘徘徊，而你早已抵达死亡的海岸。

死于门槛。

人创造了造物主，并赋予他最纯洁的属性，又通过逐个剥夺这些属性而杀死了造物主。

斩断你指控的翅膀。你会看到它们像蛆虫般蠕动于泥泞。

谁在为我而写？此刻，是谁在以我之名自我书写？我怎样才能把我所写的与另一只更快的手所写的区别开来？那只手又是怎样删掉我所写的？它拼命书写，就像我的后代试图超越我一样。

还有另一人在我身上缄默——我无言时，他与我一起沉默。

还有另一人在我身上言说——我言说时，他与我一起言说。

这是同一个人么？

他说："我们是虚无的一部分。

"任何财富的分割都是自我的分割。"

造物主对亚伯兰说"你要离开……"的时候[①]，他如果不是在说"让你的子孙将你漂泊的存在视为我全能之缺席的光辉承诺"，还会是什么意思？

我会把自己看作是这样的一个犹太人么：这可怕诫命的受人钦敬的传播者？

造物主的沉默便是词语的深渊。

泰然自若的无限。

[①] 典出《旧约·创世记》第12：1-12：3："耶和华对亚伯兰说：'你要离开本地、本族、父家，往我所要指示你去的地去。我必叫你成为大国。我必赐福给你，叫你的名为大，你也要别人得福。为你祝福的，我必赐福与他；那咒诅你的，我必咒诅他。地上的万族都要因你得福。'"

无限·界限

界限是中性的，因为它早已成为无限的一部分。

话语令我们头昏眼花。书从来不会这样。
听得见的沉默：书写。

赌注

手了解自己的极限，

纸页从不考虑这些。

你周遭的一切都是隐形的，你却能凭自己的关注力看到。

眼睛被视觉取代。

啊，抓住，抓住无限。

一个声响——谁在表达？——然后，无声。

一个词语——谁在书写？——然后，空白。

聆听这无声。阅读这空白。

只连接起翅膀的搏击。

忠诚错位。

思想具有穿透力，不洒下一丝阴影，天空或大地都不能阻碍思想。

我们通常以一个话语的权重来判断他人。

书写，同样有其自己的既定条件：它的参照、它的地标、它的准线。

有其自己的直率和自己的狡黠。

给自己定罪的证物。

抵押：语言。

如果造物主在任何语言中都是沉默的标准，该当如何？

难以表达。

造物主不能被命名。造物主的名字是：莫名其名。

上天的沉默。

名字是个障碍么？

无名无姓。这个"无名无姓"，即名字的缺席，是不是在那个不可妄呼的圣名中也表示"脚步"的意思呢？是不是进入无形、进入难以言说的第一步？[1]

是不是"前说"（l'avant-dire）对"未说"（le non-dit）的一场胜利呢？

你希望借助一支粉笔给思想完美地划定一条笔直的界限么？

---

[1] 法语中，"pas"一词作为副词时表示"不 / 无 / 没有"，作为名词时表示"脚步 / 步伐"。

波动起伏：生死之界。

界限一层一层提升，向无限延伸，有如少年在习字簿上练习的一个个笨拙的句子。

不要抵抗沉默和噪声。

它们的角色永远是你方唱罢我登场。

他说过，玫瑰一半沉默，一半馥郁。这使得玫瑰娇艳异常。

对我们而言，如何才能知道是玫瑰的美在弥散芳香，还是玫瑰的香在传递玫瑰的美呢？

当心痴迷。痴迷有谎言的余味。

背信弃义的苦涩回味。

勿失谨慎。持续谨慎。

甚至现在就保留起在最后关头独自面对自己的权利，那时，你将像过去第一次向海里迈出一步那样向空无迈出一步。

仅向留给你的时间作答。你将马上迎来你的大限，你将更快地抵达你最后的词语。

我的极限是我的自由。

无限是无限的终结。

他说："拥有自由，意味着必须有所约束；唯有可行使自由的地方，才会有自由的存在。

"我们把'自由'这个名字赋予了我们可以行使自由的手段。"

造物主不了解自由。
万物对他都无法抗拒。

我是否已经知道睁开或合上双眼、躺着、移动、思考、做梦、言说、缄默、写作和阅读都是颠覆的行为和表现呢？苏醒打乱了睡眠的秩序，思维追击空无以便占据上风，话语的展开打破了沉默，而阅读则挑战每个既已书写的句子。

我是否还知道，颠覆的程度各有不同，只有当我们根本无意于任何颠覆时，我们与他人的关系才真正具有颠覆性？届时，我们的自然行为会培养出一种不怀疑的环境，但没有人会察觉。

生命的每时每刻都在奋力抗争死亡，思想在奋力抗争非思想，写作之书在奋力抗争写就之书。

在颠覆性行为面前，存在、思考和写作都在力促我们间接寻求内心的平衡，寻求一种以允许其在我们内部发生冲突的方式而最终实现平衡。

我们是这些冲突的战场。我

这三篇封底文字①——或可称为低吟浅唱的三篇简短祈祷——将书的边界推回了原处，

……以隐秘的声音——比之至伟的声音——推回原处，好让与自我之书同葬地下的逝者们也能听到。

一部祈祷的书也许只是书所撷取的最喜爱的祈祷。

我们把书的选择当作自己的选择。

每种思想都是心灵的祈祷，每个字词都是一部文本的祈祷，每种死亡都是永恒的祈祷。

祈祷：清除石子。

不要试图超越词语。它早已把你甩在身后。

他说："文本中，一切都进展神速，其速度已难以衡量，所

① "这三篇封底文字"，指《界限之书》前三卷《未被怀疑之颠覆的小书》、《对话之书》和《旅程》在分卷出版时每卷的封底文字。

们试图将这些冲突局部化，将它们在时间中阻断开来。我们将此称为：自我和谐。

以我们认为，它们已经附着于纸页。"

如果颠覆首先是自我颠覆，该当如何？

对话的失望与怨恨。

（《未被怀疑之颠覆的小书》，1982年）

又是一本书——不是新增，而是另一本，有如在热度上又升高了一度，或在我们与书写和无限的关系上又抬高了一级。

我走在自己的书开辟的道路上，每本书都友好地轮番安置了界碑。

它们都被祭献给了无限。

她问那个坐等她的人——其实并非真的是在等她——是否知道她是为了生存才想拥有那个名字的。

面对后者的沉默，她不辞而别，永远消失了。

所有对话失败的原因都在于我们无法向任何人透露自己的真

他说："人以灵与肉的词语祈祷，石头以尘埃和天空的词语祈祷，青草以叶片和露水的词语祈祷，太阳以光和热的词语祈祷，大海以盐和波涛的词语祈祷，火焰以燃烧和灰烬的词语祈祷。

"那么，灵与肉、尘埃、青草、露水、光、盐、波涛、黑暗、火焰和灰烬，它们以什么祈祷呢？"

他答道："青草、露水、光、盐与波涛、黑暗与火焰、尘埃与灰烬，它们本身就在每一篇祷文中。"

乌银镶嵌师绝不会是词语雕

实身份。有如萍水相逢。

但对话恰恰于跨越沉默的地方兴起，那是在书的底部，两个无力的话语在寻觅真理的途中急欲对质。

刻师。

死亡之书对抗生命之书。

（《对话之书》，1984 年）

在旅程的这个节点上，我当然关心精准度与客观性——可我们能够客观么？——我不得不重新审视我与犹太教和书写之间的关系。

重新审视与某种特定的犹太教之间的关系，这种犹太教以书为介质，书在其中认知了自己——我强调过这一点么？

这些纸页本可以采用日记的形式。它们是我生命的一部分。

所有思维都是推测性的。我们首先会追问自己曾经虚构过什么。

谁能知道虚构本身不是一种真实呢？不管怎么说，如果虚构

……争议点一旦阐释清楚，旅程瞬间即被照亮。

是我们获得真实的唯一手段，该

当如何？

　　一切都没有定论。一切都有

待认知——有待领会。

　　　　　　　　（《旅程》，1985 年）

延伸

　　……从颠覆到对话的旅程中隔着一道裂隙，生命从中喷涌，死亡也于此渗透。

　　断层。

　　裂隙：铁中的稻草，钻石中的惊叹，玻璃杯中的舌头。

　　不洁的死亡。

　　如何认可你？如何倾听你？

　　冷漠终归会战胜心灵么？

　　旅程。裂隙——小溪，河流，巨川——一注滴水，滔滔不绝的低语，使世界处于苏醒的状态。

　　我期望什么？最难定义、最无必要因而也最难预料的，难道不就是我们最大的期望么？

　　微变。变声。

虚构仅仅是简单地揭示一个秘密么？

光，光，哦，黑夜，磨光星星。

除却爱，再无其他联系存在。

*

串串彩色字符，先于字母的绳结，先于词语的词语。

不懂书写的古代部落能否意识到所有话语全是在挑战创世？

他们的串串字符之书传递给读者的，只有无法逃避孤独的绝望。

有位哲人对他一脸茫然的弟子说："走吧，跑吧，离开我。你难道看不出我已被永恒束缚，而永恒的冷漠势不可挡么？

"很快，我也会心如顽石了。"

旅程。未来早已不在那儿了。

"有些作品永远也无法出版，"他说，"但其词语依然能孕育和传布乡愁。

"我们凭着直觉，用这些忧郁字词重新制作了一部遗憾之书。"

"可见绝非是对不可见的否定，"他有一次曾在笔记中写道，"而是其反常的表达。

"是深渊的呼唤。"

书亦如世界和生命，自有其旺淡两季。

也许，颠覆只是某种轮作的方式。

贫瘠的土壤，可耕作的土壤，或者是
某种存在之梦的虚无。

在我们无法自拔的失衡中寻求平衡。
我们可以利用颠覆，用以恶治恶的方式挫败颠覆。
所以，舟轻于水，反倒得以拥抱无数次想击沉它的惊涛骇浪。

他说："人累死累活地颠覆造物主之书，与此同时，造物主却轻轻
松松地颠覆了人之书。"

如果造物主不可妄呼之名不过是一个由四个易燃的辅音组成的隐讳
名字，该当如何？
……如果它只是一个因无可辩驳而被毁灭的名字，又当如何？
沙滩上搁浅的书的卫士，黑夜覆盖的书的卫士。
已消耗殆尽的所有阅读。
无用的守卫。虚无的守卫。

荒漠。荒漠。

界限模仿界限。空间均系伪造。

颠覆无始无终。它破坏盟约，扭转局势。
陷阱。

透明！谁还怀疑奇迹呢？
神圣，透明的行为。
盟约。
未知不设限，
无限无疆。
地平线。地平线。地平线。

不可分割之不可见。
看见。我们的
首选。

他说过，对造物主而言，一切都如此清晰，所以他的目光无须看到
宇宙也能穿越宇宙。

所以，从今往后，再也没有什么能将造物主与造物主分离。

（"而我，"她说，"哦，爱人，你就那么希望

我缺席么？你甚至没有注意到你的目光如锋利的箭镞将我贯胸而过，每次都让我的身体流出些许鲜血么？

"我只为痛苦而存，而痛苦将你排除在外。"）

她无非是女人的香气，为满足男人怜香惜玉的欲望。不可言喻的快乐。

一方面是梦想营造的纯洁现实，一方面是梦想幻灭的严酷现实。

但两者之间呢？

如果每块石头的誓言都只是对水晶的痴迷记忆，只是对镜花水月的顽念，该当如何？

如果这种镜花水月就是我们曾指望通过接近、感受和触摸的事物而实现的东西，又当如何？

如果所有沉没的字词中有一个最强者能在束缚我们的虚无的澄澈中幸存下来，再当如何？

如果你有时曾在路上流血，切勿大惊小怪。宇宙是玻璃做的。你的路由上千种色彩的反光所装饰的玻璃碎片铺就。

透明是光的财富。

但我们无法不谈黑夜。夜否认所有差异。

啊，但愿你永远不要、永远不要这般孤独。

联系

地平线夸大了接近地平线的距离。

惯例

一

你自以为赢得了一本书。可你已永远失去了它。

要相信自己的身体能适应漂泊的困苦，要相信自己的心灵能取代遗忘。

原始的思想，穿越森林的通道，由利刃扫清障碍。

令人信服的突破。

他说："你同一时期挥霍的财富远比你多年积累的财富还多。

"因此，你将从丰盈充裕的贫困走向一贫如洗的贫困。"

嗅闻人世，灵魂的气味。

有位哲人说过："别问我是谁。我甚至不懂这个问题有什么意思。所以我早就不这么问了。

"倒不如问问我去哪儿。我惊诧的表情就可以告诉你我觉得去哪儿都无所谓。"

请原谅我的作品。绝望是其理由。

"造物主的观点是一个点，"他说，"希伯来语把它变成了一个元音，多亏如此，此后的所有书写都变得可读了，所有的词语里都可以读到造物主的观点。"

……在这个融合与冲突之点。

一颗星。

你径自切入白昼的深处。未来面露曙光的赧红。

性急的新生儿，谁能在母亲的伤口中将你清洗干净，那难以承受的回忆能否在你死亡之日重新勾起你的悔恨？

我们无论何时都无法逃避自己。

我们能够思考首次见到、摸到、听到的东西么？

我们能够思考惊讶、赞叹或厌恶么？

昨天已被思考。明日不得而知。

只有期待……

思想者有没有可能是思想的产物？

若如此，思考可能意味着被自己的思想所塑造，意味着成为被思想将我们祭献的鲜活典型：我们自身可怕的副本。

思想在未定型和非思想中描摹出自己新的形态。

因此，或许只有广袤的黑夜尚未定型，所有形态在此抗争，而思想成了灿烂的黎明。

一个观点的生命就是我们的生命，因为这个观点属于我们。但怎样构思这一观点？怎样不去构思这一观点？

观点在观点中花开花谢。

岁月流逝，我们不会失去自己的观点：是观点放弃了我们。

思想只有在反驳它的思想中才臻于完美。

说服，而非强迫。

有了论据的支持，书写出的每一页都在竭力说服下一页继续书写下去的必要性。

书就是一系列各自让步的结果。但一个词语的说服力从何而来？
——或许来自其沉默的强度。

沉默便是联系。

二

唯有虚无有权证明虚无。

诱人的虚幻。专横。

我们会有朝一日摆脱自己的梦魇么？

哦，黑夜！现实可能只是恢复意识——突然？——的对象。

让人放心的厚度。

谁还有胆量把荒谬推行到底，直至将其打造得不屈服于任何外部压力？要想拥抱宇宙，我们的胸膛还不够宽阔，手臂也还不够长。

空间形成阻碍。距离是我们的勇气之敌。在未知中切勿冒险走得过远。登天切忌过高。探海切忌过深。否则你会窒息而亡。

管辖书的律法对声音丝毫不具控制力，它甚至心甘情愿地听命于声音。

书的声音远比管辖它的律法更为古老。

他将永恒与一盏无人点燃的灯相比，所以也就无人将灯熄灭。

对合眼者是光明，对睁眼者是黑暗。

一声呼号。突然，黑夜唯余失控的惊惧；星宿无尽颤抖，远古恐怖骤燃。

死亡，啊，在死亡中鼓起勇气，在死亡中丧失信心。

从几乎向虚无的耽于快感的滑落。

赤裸的未知。

所有奥秘都以其放纵困扰着我们。

如果必须为秘密寻觅形象，我会选择一个揭开面纱的女人；只因面纱一旦滑落，所有形象将荡然无存。

因此，脸的无限缺席取代了透明的脸。哦，嘲讽的空无，它对我们伸出的哀求之手无动于衷，对过去从未发生、将来也绝不可能发生的不测后果置若罔闻。

秘密。僻静的树林。

第一本书：顶峰。最后一本书：根。

现在要成为的是一颗缺席的种子。

三

有位哲人说过："以书提出的一个问题回答所有的问题。"

如果你偶然问及我与犹太教的关系，你切不可称之为那个犹太教，而要说这个犹太教。

你我的黑夜之间，存在着一个绝对之黑夜的执拗之无限。

"这一切都是为了一个'或许'么？"

——《塔木德经》

这一切都是为了一个"几乎"么？

……几乎一缕微光？或许几乎清晨？

我正伏案写作。天色已晚，我却毫无睡意。我觉得闭过一两次眼。周围的一切似乎都不再真实。

外面，黑夜正测试着自己的视野，调整着自己的边界。

突然从昏暗中窜出三个人，轻而易举地把部分稿纸抢走了，吓了我一大跳。

一个说："这些纸页是我的。"另外两个说："剩下的都是我们的。这些纸页几乎都出自我们之手。"

我驳斥说："你们说几乎？这么说，或许我也是部分纸页的作者了？我指尖上的墨渍就能证明这一点。"

他们又说："这些纸页按理说都属于我们。我们远道而来就是为了收回它们。检查之后，没用的会还给你。"

他们走后，我就琢磨："那么多的焚膏继晷，那么多的奉献和泪水，所有这一切难道就是为了一个几乎，为了一个或许么？"

我发现自己又重新陷入了孤独，胸前捧着一摞揉皱的纸页，如此空白，如此怪异的空白……

四

没有愉悦的死亡，但有一种快乐使死亡充满天赐之福。

从字母到字词，一座危桥连接起现实的虚无和非现实的一切。
如果这座桥只是深渊上方的一座由梦想描绘出的拱门，该当如何？
永恒远比时间脆弱。

有人守护时间。永恒却赤手空拳。

我们识别彼此并非凭各自的殷实，而是看各自开销的得益。

思考从想法已然经过之处经过。

荒漠中的阵风再狂暴，也只能卷起些许黄沙。

有位哲人说过："一见之下，我就知道你来自何处。我的目光已凝视了如此多的世纪。"

如果时间是人类有意识的体验，该当如何？

那么，永恒——这一无限且深沉的长眠——就会成为无意识的时间，它会随着时间从意识心理中的消失而存在。无关时间的时间。荒漠的时间。

谁呼唤最高的权力，谁就背叛了沙粒。

也许可以把时间想象成永恒的衰减：一个"去永恒化"的永恒。

此处，荒漠无所不在。

沉睡的永恒。

合眼的真实。

生命流逝。瞬间。

谎言的欣悦。

承受……回应……

生存。生存。

而且对我来说，借助于犹太教的迂回方式，或许就是从特殊到一般、从一般到特殊的捷径。

再宽的路，也须以铺砌块块石头开始。

"你必须明白，"他说，"即便是闻名遐迩的皇家大道，你抵近观察时，也不过是卑微低贱的寻常路。"

造物主知道你都知道些什么，而你不总是知道造物主知道些什么。

不过，你确实是个思考的人。

有位哲人曾经写道："作为善于答复的大师，造物主能容忍的只有问题。但问题总给他添乱。"

要去了解造物主——也许是出于冷漠——不劳烦关心的问题。

因此，很可能有一部分普世的知识，只有人才能接触到。它是对我们的孤独以及造物主的孤独的另类确认。

从今往后，如果我们焦虑的问题不再引起造物主的关注，该当如何？

遗忘。上天的遗忘。

表达上的禁忌首先是观念上的禁忌么？

——想法，撒旦手中作弊的骰子——

以其主要功能冲击心灵。

造物主被空无解脱。

他说："别相信想法，那是无的之矢。

"要学会张弓，即运用思考能力。"

老到的渔夫。沉得住气。

如果思考是钩，想法是鱼，该当如何？

大海仍有待定义。

如果创造了自己并令自我缺席的造物主进退两难——当他的造物试图一睹神圣时，他是应该谴责还是应该鼓励？

莫不是在造物主的绝望中就有人的无限希望存在？

话语作为灵魂的使者，哦，却如此内向，让听觉惴惴不安，话语颤抖着，不仅为让他人听到自己，而且为让他人切身感觉和体验自己。

哦，快感，哦，爱抚，哦，战栗。醉生梦死。

柔滑的肌肤。

他说："你思索世界，犹如沙虫思索海洋。造物主思索创世，有如雄鹰飞越荒漠后思索漫漫黄沙中无意目睹的一粒燧石。"

他又接着说道："思索虚无，有如蛆虫思索尸体，那是它们秽臭的宇宙。"

五

……假想为轻盈之重。

存在是语言么？语言承认存在么？

存在制约着语言——语言无法涵盖存在，但语言同时也制约着存在——存在无法控制语言。

因此，存在只有通过语言才有获得存在的可能性，而语言也只有通过存在才有可能获得存在的名分。

空无与空无的联系。

虚无与虚无的联系。

虚空与虚空的联系。

化为灰烬的连字符。

他说："如果由（期待已毕的）往昔、（期待中的）当下和（放弃期待的）未来这三者构成一叶扁舟，在这条小舟上不再区分时间，并将其各自的存续时间引入那个瞬间当中，将会怎样？"

他又接着说道："不过，往昔和未来并不是作品中的现时的当下，而是渐次书写出来的之前和之后的当下。

"那是文本始料未及的维度。

"宇宙四极难道不与卵石争论么？

"绝无永恒的字词。

"所有的书，都是时间在书写。

"字迹潦草。"

沉默在我们前面。它知道我们会赶上来。

假设时间只是时光延续的本能，那么瞬间只会将时间的天赋奉为神圣。哦，汁液，在花茎中嗅闻的梦之运动；在花中汇集了花之无限的欲望：无限的涌入。

因此，思想或许只是某种预感。而思想者或许只是某类巫师、某个预言家或某个神力附体之人——具有异常敏锐的感觉？

"思想是心灵对周围世界极为敏感之思考的结果，"他曾经写道，"是对人最后之变化的可靠直觉。"

有时，看似容易反倒难。

不光明正大的困难。

他说："假如大致需要十股线才能将我们缚在一起，只要缺失一股，就往往导致无可挽回的断裂。"

真实赤裸裸地来到我们面前。我们为它披上面纱。

每次我们把另一条面纱披上它的肩头时，我们都以为向真实又迈进了一步，仿佛趋向真实就必须把它陆续遮掩起来。

眩光不适合人类。

证据：它使我们目盲。

自然意欲何为，想如此羞辱荒漠？

或许，唯有真实——沙粒的姐妹——明了个中原委。

他曾在笔记中写道："荒漠不是死亡。但也不是生命。它是对生存的考验，考验的是生命为抗击好战的死亡而聚集起的力量。

"……正如它也曾考验过自由和爱情一样。"

为生命披挂

盔甲。

解除死亡的武装。

乌托邦。

"我"不是赌注，而是赌局……

镜子。镜子。

生命思索死亡，并看到他日的自己。

沉默：熟睡的鸟。

他说："作为源头，知识是从对无知的否定中产生的，它也可能推及对全部源头的否定。

他又接着说道："未言，未必未思。未思，永远未言。"

创世是在将来的时态中受到考量，在一个远之又远的未来之后。

哦，思想，挺立船头，那无畏的思想！

犹太的子民，一个集过去与未来为同时代的民族，你已向其发出了自己的声音，
对你而言，死亡从未死去，生命也从未离开过你。
因为你一直保持着忠实的记忆。

脸

……这世界有一张脸：我们的脸。

把你的脸转向我。
宇宙真的这么小么？

随着早已老去的名字，脸也变老了。

异乡人。我漂泊久矣。又经历过多少次沧海
桑田？
啊，请告诉我，关于我你都知道些什么，我又
为自己留下了些什么？

绝对的虚无。

我们有过自己的国王。

可这些国王都逝去了。

我们有过自己的君主。

可这些君主都亡故了。

我们有过自己的先贤。

可这些先贤已成往事。

我们曾经是一个民族。

可这个民族却离散了。

就在这场大火的中心，

我们尽皆变为那本书。

一天晚上，随着火苗舔舐我们的书，我们在每
道防火墙上都画出一张鲜活的脸。

只要我们没被烧焦，这火就不是火。

是火诬人的图像。

虚无束缚于虚无。

至高无上的绳索。

一次呼吸，你就存在了。你想慢慢挣脱匿名，
不承想却在走向匿名。

脸揭示出你的年龄。你变老了，说明你曾经成长。你脸上的年龄是由死亡锁定的。

由相貌即可看出你的生命，从皱纹即可感知你的死亡。

呼吸，便是美；咽气，便是丑。

当你的脸永远背弃你的往昔时，那个时辰就将来临。

它将无情地面对自己。

任何保存当下的举动就是秘密地储备往昔。

迎接这张脸时，我们欢呼这个世界。

驱逐这张脸时，我们诅咒这个世界。

对人而言，没有高峰不可逾越。

死亡——那最高峰的卫士——对此心知肚明。

让爱长存，须有大爱保驾；爱极成恨而毫无愧悔，盖因自恋成癖而恨及他人。

如果智慧只是精神对心灵的柔情，该当如何？

预感一下吧。回想一下吧。你的生命既是往昔的瞬间，也是超越往昔之瞬间的瞬间。

无须加快脚步。过急只会致命。但也无须后退。

光，空气，声音，那就是你生命的震颤。

你的灵魂：生命。

时间自有其诸多的脸，或悲或喜，或倦或憩。

永恒着迷于这些脸而轮番借用。

从缺席的薄雾中，在氤氲郁勃的远处，一张脸显现。你要相信自己的眼睛。

不存在梦想中的肖像。

写作，首先意味着在文本中保持存在，如今我发现，在作家和痴迷于一种叫作"反棋"①的老式牌戏者之间，有一种奇特的亲缘关系，即，吃进牌最少的人才是赢家。

作家没有往昔。书也没有。

心灵重又茵绿，哦，梦想。

梦想，但又如此审慎，如此谦卑：一颗米粒的梦想。

你发掘出的这本书承载了多少个世纪的重负。

---

① 反棋（reversi），英国人于19世纪末发明的一种牌戏，又称黑白棋、翻转棋、奥赛罗棋或苹果棋。游戏者通过相互翻转对方的牌，最后以牌桌上谁的牌多判定胜负。

你的每个句子都使它年轻。哦，背叛。若擦掉边缘上的疑问记号，是否足以使它成为你的书呢？

思想澄清的唯有思想。

死者有自己的裹尸布。死亡有自己的黑暗。
易于穿透的灵魂，其保护层极为单薄：一片树叶。

二

一张脸，仅剩皱纹。一张脸，饱受红尘烦扰，其永恒性混沌莫辨。
无人认领。它滚入地平线的另一侧，挟时间而去。
此地，往昔被交还给往昔。彼端，未来充满了未知。
哦，痛苦。无限不是太阳镀成金黄的平潮之海，也不是浩远星宿守护的黑夜。
无限在前。仍在抵御的，必有持续之时间的加持。
但这持续的时间不是始终受其自身的威胁么？威胁并非来自献祭的时刻。

毁灭之物可以唤起慰藉或遗憾，但绝不会引发恐慌。从另一方面讲，锲而不舍反而会因倨傲而令人畏惧。

作为血肉之躯和虚浮的思想，我们注定消泯。而不会消泯之物必有其令我们焦虑和迷恋的独特优势。

立志存在吧。今后唯愿成为这志向本身，并佯作不知其为何物。另有一种死亡会加入我们的自然死亡：它会不分青红皂白地承担起创世的一切，而我们既会受其恐怖的加害，又会是清醒的见证者。

永恒不会侵蚀短暂的瞬间，但会侵蚀已确立的辉煌一刻。

对死亡与生存的恐惧是双重的恐惧，它哂笑我们的无能，让书颤抖。

我写作，不是为了对付这种颤抖，而是要扩展这种颤抖；对我而言，似乎维系这种羼杂着喜悦的恐惧关乎一切，缺失了这种恐惧，我就会不复存在。

造物主不是死亡，犹如他从来不是生命：他是这二者匪夷所思的模糊性之所在；因为，何谓死，除非生于死。因为，何谓生，除非死于生。

造物主因他的脸缺席而获救赎。他创造了从一开始就可能是他的脸的那张脸。他既是至高的创造，又是极度的毁灭，他从不具有相似性，而且如虚空般独一无二。

创造的渴望令我们从创世中得到解放。由于这种渴望是渴望自身，因此我们坚定的创造决心总是能所向披靡。在创造赋予我们的自由中，我们针对创世而创造。

如果造物主只是宇宙对宇宙的神圣激情，是这种永恒激情的具体证据，该当如何？

如果缺席经历了在场，有如其自身之真实的短暂觉醒，有如可能引退的暗示，有如对某张脸的突然需求，又当如何？

在造物主不可比拟的缺席中漂泊。

飞蝇敢和苍鹰一搏高下么？

天空展开尖尖的翅膀，每次搏击都刺破两极。太阳是它的心。天空敛起双翅，便夺去空间的光。它们一同下沉。无限的致命弱点。

黑夜是个深渊，是死去的鸟儿长眠的墓穴，群星在四周哭泣。哦，丧痛，哦，无限。远处，火焰撕扯着八方四面，生命的另一端，是那些湿润的眼睛，哀伤而令人畏惧。

我们只有一个历史，那就是我们冷静地反复述说的历史：它是星光的历史，将在约定的时刻照耀宇宙。

我们的历史就在我们眼中。每帧图像都回归我们的脸。死亡暂时受到制约，哦，世界的脸变成了我们的脸。

你的通道上矗立着一堵墙。遗忘被遗忘固化。忘却之往昔的未来。但历经多年风吹雨打，这堵墙有时也会颓裂。

你若有本事，就让这些裂缝裂得更大一些，这是与往昔团聚的诀窍。我们进入未来，所携的行李有限，不允许我们带齐每样东西——这是谁的命令？我们的灯芯灭了，我们终于赤裸裸地在阴影中熄灭。

我们的相貌上有个诅咒。贱民般的脸。

那为什么不是苦难中绽放红晕的一株玫瑰，不是一张先知先觉的脸，或说得更确切一点，为什么不是顽强的沙棘，抱定希望，直到地老天荒？

不结果的植物，虚无的意外收获。

聚会时刻。祝贺剥夺与光辉成婚。

王权存于内心。

干渴包容之水多过海洋。

退潮的大海，哦，憔悴的脸。你认得出来么？一条生命的可怜的脸。

虽然你凝视的不是它，而是一个固着的点，一个模糊却依旧纯净如斯的点。

书之脸。词语反射出的你的脸。

每家每户都有自己的影集。每个国家都有自己的历史教材。每个民族都有自己的传说。人人都有自己的回忆，都有自己记得住的那一星半点记忆。

脸并非在其匹配之地，而在摆脱其外貌和忠诚的负担之地。

我的眼虽然不辨这张陌生的脸，可我的灵魂却对它再熟悉不过，我甚至可以还原它的每个细枝末节。在因极度贫乏而变成深渊的脸以前，它曾经是心灵的一片净土，曾经是果敢之思的十字路口。

记得有一天，当我凝视一位俯身于书的哲人那张布满皱纹的脸，欣赏其暮色之美时，我几乎可以断定，永恒之所以选择这张脸，就是为了在肉体上生动记录下其秘密的往还。

永恒神秘运作。只有大限之日荒唐的布景才会出卖它。

皱纹不是皮肤上的褶皱，而可能是在无书可读之地走向最终抹除的一排排字词。

思想往往滞后于自身。书却从不落在书后。

纯洁。纯洁。

幼时，我常用一些小木棍或火柴拼摆出前一天晚上梦见的景象。

我想摆进一些我与之保持着神秘而密切联系的人物。

他们的脸从未离开过我。但我不能就此得出结论说他们让我好奇。

他们犹如死亡和生命一样在场。即便他们不在场，我也可以通过继续存在之物和曾经存在之物去辨明他们。

　　　　谁能说让玫瑰掉落首枚花瓣的那种轻微之至的
颤动会比书活得更为长久？
　　——书没说过别的，只说了这种颤动。

在门槛的支配下

影子只对影子透明。

经验：靠不住的支撑。

属于我的是那些依旧在不属于我的事物中的东西。

海中的软木塞。

智慧并非来自会意，而是来自已知。

瞬间踉踉跄跄冲撞无限，把自己撞得遍体鳞伤而死，就像大黄蜂撞死在玻璃窗上。

"我们是卑劣的亵渎者。"有位哲人写道，"我们在造物主之书中恬不知耻地掺入了我们自己作品的片段，且这种行为有增无减。

"这是以我们的添加物——我们仅有的财富——去对抗造物主的唯一的财富。"

我想起了那个不认识的孩子，他出生的瞬间与我死亡的瞬间重合：那一瞬间既是生命的瞬间，也是虚无的瞬间。

于是我告诉自己说，我们俩将永驻于那个瞬间。对我，那瞬间保证了不复存在之物的延续；对那孩子，他从那瞬间中获得了生命。

成为生死之间的链接，哦，明智！成为那个被瞬间强化的绳结。

如果死亡莽撞地解开了这个绳结，该当如何？

成为因非存在而无保留地存在和绝对希望存在却不复存在之间的链接。

哦，沉睡。哦，苏醒。

混沌的边界。

作家与书联手，强强垄断。

以近乎虚无的价格出售虚无。

所有符号一旦废止，造物主的不可分割性便即刻显现在那个名字中。

沉默的最佳、最牢固的要塞。无场域的场域，或毋宁说，书的非场域里的场域。

苗圃。明天，我们将开始播种。

他曾经写道："夜里，睡眠尾随着我们的双眼盲目地运动，从天空到大地、从地面到山顶，警惕着疲劳可能站稳脚跟的那个时刻，以防我们的灵与肉最终被其统治并受其支配。

"不可思议的是，破晓时分，反倒是睡眠让我们恢复了体力。"

熟睡者与黑夜同样软弱。

有位哲人总是对弟子们说："我们的能力再强大，也不过是雕虫小技，比起造物主的能力微不足道。

"可一旦失去我们能力的支撑，造物主统治世界的能力就会即刻中止。"

他说："还有那么多事情要说给那个执意保持缄默的人听，于是某天早上他切开了自己的血管，想以这个戏剧性动作谏止那些还有可能求助于他的话语。

"别效仿他，这很荒唐，因为毫无用处。

"话语经常见异思迁。别人会即刻挪用它们。"

他又接着说道："对词语不要太过苛刻。有时在我们自己也犯晕的地方，它们很难赶上我们。"

为了我们而抵御沉默。

有位哲人说过："梦想是我的一日之财富，贫穷则是我终生的财富。"

写作或许仅仅意味着适应新环境，意味着逐渐习惯词语的黑夜。

切勿忽视源头。只有通过其他引入的源头才能抵近它。

勿说"他因……而死"，而要说"他可能死了，死于……"。

把有问题的概念引入文本。开幕。

加入少量灰烬把水搅浑。
允许不可预见的、偶然的事件出现。
废黜系统。
从可能中获得认可。
加宽。使边缘变宽。
铭牌：死亡的印记。
到期。

我们看到的只是未来。但当下正屠戮我们。

在审视空间的过程中，双眼变得茫然。空无一物，唯有无限，无限的天空。蓝，在陷入黑夜之前，蓝得如此纯粹。

空无亦可炫耀其色彩。

他目睹大海在海中死去，并对自己说，生命悬于一道目光。

造物主垂下双眼，我们便不复存在。

在奥斯威辛集中营，列队的囚徒们的所有目光都集中在那个军官的右手拇指上。拇指向左：死亡；向右：暂时免死。

但刚关进集中营的囚徒们看到的却只是一个原地不动的官员将手指不可思议且有规律地来回摆动。

如果沉默就是那个通过指认虚无却仍预示这个虚无即将消失的词语，该当如何？

这是语言结构中的缺陷么？是字词的裂痕或伪装么？

如果那仅仅是呼吸的有生时间，又当如何？

可读性、可闻性始终四面楚歌。

除却词语以外，词语六亲不认。

河道变窄处，水流被压缩了空间，河岸的压力
陡然增大。

但那是水源或大地的责任么？

红色的河床。

大海除却大海再无知己，除却天空再无证人。

唯有无限。

有没有这种可能，即未必确然发生之事与其说
是对或然的否定，不如说是对它的一时兴起——谁
说得清呢？——本能的顺从？那会不会是一种对未
来再无期待的平静之喜悦？

曾经存在之物飞逝的地平线。

已读之书

灰烬化为遗作后，词语从其首个声音中再生。

死后可闻。亦可使其可读么？

你停止了聆听。对你来说，宇宙曾经存在。
你又重返源头，在那儿，神圣的话语将诞育
沉默。

他说："沉默的眼睛。手从周遭喧嚣中解脱。
"我们只读、只写沉默之书。"

天空的一页。沙的一页。
一部灰烬之书。
其间，一个没有后嗣的生命以其空洞的线条将
二者分分合合。

他认为已经掩埋了自己的书。

其实他仅仅埋葬了自己的手。

有位哲人去世前，决定把他最宝贵的财产平分给每个弟子。

但如果是一本书，该怎么办？

他把弟子们叫到身边，说："每本书都是从那本唯一的书中收集到的灰烬，由我们那些燃烧的词语定期充实。

"这本书并不可读。能读到的只有在不断再生的创造之火中被吞噬的书。

"一团火焰就是我们的笔。"

于是他公平地分给每个弟子一缕灰色的粉末。

他说："一个瞎眼哲人，一个哑巴哲人，还有一个聋人哲人，加起来就是三个残疾人，如果这三个哲人实际上是同一个人，那就让盲人去面对造物主，让哑巴去面对文本，让聋人去面对我们肤浅话语的诱惑。"

我们应该把童年时期看作我们起源的首次揭示，把青年时期看作二次揭示，把暮年时期看作末次揭示。

生命道破我们的起源。

星夜。隐藏的宝藏。

光。光。

我们以一缕阳光为路，但它只是死亡所画的一条横穿我们生命的明亮的线。

无论生死，我们都沐浴着光。

没错，是同一道光。

他曾经写道："造物主无处不在。无论在此地还是他方。

"成为字母表中的所有字母以后，他就是那本书中缺少的所有重音。"

他接着说道："那本书涵盖了所有未完成的人之书。

"所以，我们以为读到了造物主，其实读到的都是我们自己。

"根据这个重大的发现，我们难道还没有理由宣称造物主就在我们心中，而我们的灵魂就是造物主之书中洁白的一页么？"

"死亡，"有位哲人说过，"或许只是一部抹去页面的生命之书。"

对他来说，到了该扔掉自己的书的时候了。

他把书捧在手里，不是为了重读，而只是用手指摩挲着书，一页页，一行行，长久地、轻柔地安抚着并永远地合上了那上千只诘问的、盯着他看的眼睛——如今，那些深渊之侧的字词只剩下了凝视。

霎时，天空中所有的星星都熄灭了。他首次面对着全盘黑夜那不可知的绝对否定，动弹不得。

凝固了我们的不是空无，而是我们一眼就看到的虚无。

他第一次觉得自己失重了。轻飘到极限的程度。冰消瓦解。

哦，在造物主不朽之光芒的灰烬中那有争议的不朽之灰烬。

尘埃，尘埃。造物主离弃了自己。

他能坦然面对自己的失败么？

尘埃持续的历史。人和宇宙的历史。

我们因与永恒享有共同的梦想而付出的代价还不够高么？

造物主知道不朽其实不过是死亡的另一面么？

他说："当造物主意欲毁灭地球时，地下迸发出一团巨大火焰，将他卷了进去。

——可造物主没死。

"当造物主意欲毁灭大海时，其他海洋奔涌来滔天巨浪，并在狂怒中将他席卷而去。

——可造物主没死。

"人打开书时，把书拆散了——哦，悲伤——眼前映入了废墟的景象。

"他淹没在自己的泪水中。

"——可人仍活着。

"这就是奇迹。"

他又说道："所有思考、相爱、生活的行为都得在死亡那儿拐个弯。

"源头在此。

"丰产的遗忘。"

将空无向海难开放。

水域的分野！界限存于我们自身。

保证传递。从书到书。

过来吧。拿好你的财物，我把我的也埋进去了。

书在其无限性中或许只对虚空做了局部的分割，而世界正在那部分
虚空中被命运不确定的词语所书写。

　　　　创世的神圣观念在于其整体性，而细节才是
　　保证。

　　　　"只需一个字词便足以指认宇宙，"他说，"可我
　　们得借助多少词语才能让宇宙微微开启呢？"

范例

幸运的空隙。

火与火之间，

燕子飞经那里，

此乃分享的通道。

"所罗门王 [1] 的审判是造物主的审判么？"某位法律界人士问一位
哲人。

"是造物主的启示。"哲人回答。

"可那位母亲呢？她以其崇高的牺牲令造物主和国王的无情判决化

---

[1] 所罗门王（le roi Salomon，？—前 930），据《圣经》记载，所罗门王是大卫王之子，
以色列联合王国国王，被称为犹太人的智慧之王，在位四十年（前 971—前 931），在位期
间建造了耶路撒冷第一圣殿，并著有《箴言》《所罗门智慧书》《雅歌》《传道书》等书。

为一纸空文。"①

"同样是造物主的启示。"

"这我就放心了,"那位法律界人士如是说,"因为在分享方面,造物主同我们一样,也是个新手。

"面对何为正义这一问题时,他也在即席发挥。"

正义被禁锢在逼仄的区域里。法官有时也会因窒息而死。

开窗破洞,直至其完全开放。

---

① 典出《旧约·列王纪上》:两个女人争夺一个婴儿,均宣称自己是孩子的母亲。双方争执不下,很难判断。于是所罗门王郑重其事地下令将婴儿劈成两半,一人一半,以息纷争。其中一个女人表示同意,另一个却为婴儿求情,请国王息怒收回成命,她情愿放弃孩子并接受处罚。至此真相大白,宁愿自己接受处罚也要保全婴儿性命的女人才是孩子真正的母亲。说谎的恶妇人受到了严厉的惩处。

烧焦的纸页

一

大胆地一刀切进火焰之肉里去吧。

"分享"有着火焰般的锋刃。

虽然没有限度，但已深深感觉到——

一丝鲜血，而这已经是一道需要跨越的边界。

分享之书便是界限之书。

一边，是转瞬即逝的灯光；另一边，是黑暗的
未知。

也许，分享并无目的，不过是想掀开我们孤独
之夜那沉重的窗帘一角而已。

他曾在旧笔记本上写道："正义分享正义的
悔恨。"

我们无法逃避自己。只能去体验这种现实。

荒漠中，总会有更多的沙子，狂风能卷走的毕竟有限，我们手中，也总会有更多的灰烬，手能捧住的毕竟有限。

有位哲人说过："思考分享，首先意味着质疑道德和律法；其次意味着挑战幸福与苦难的概念；最后还意味着批判人性，批判生死。

"一切都应该分享，但其实什么都分享不了：此乃人的命运，也是世界的命运。这种天性上固有的困难，或许正是礼尚往来的基础。"

他又接着说道："然而，存在就意味着更多地走向分享。意味着以生命分享生命，以喜悦分享喜悦，以悲伤分享悲伤，以死亡分享死亡，总之，意味着以瞬间分享瞬间。"

对内心而言，分享仅仅是突发奇想么？

出生时，我将生命据为己有；死去时，我挟持了死亡；无形中，我强占了来世。

评判一个行动是否成功，须看其是否圆满。感情同样如此。我们的一举一动全系于自身。

我们行动，好像我们有权在世间如此行动。我们移动，好像其他人都不能移动。

我们由学识或剧烈反应引发的行为，其动机形形色色，不可胜数。动机极具个性。

我们将自己的那些理智、情感、复杂或冷漠一股脑儿地重重压在他人身上。我们必须以我们的真实情状被人接纳。我们就是这样与他人建立起了联系。这也是时间和永恒的运作方式，我们俯首遵行。

在此情形下，我们是否有可能设想将某些特殊的所有——黄金、钱财、爱情、信念、理想、观念——不动声色地分享出去呢？对某种定义上不能被均分的礼物，我们该赋予其何种价值呢？由于这种价值全凭一己主观，因此它在让一个人盆满钵满的同时，也会让另一个人大失所望。

如果不被所有人所赞同，我们的财富就毫无意义。

此即困难之所在。困难不在于财产的性质，而在于其用途，无论怎样进行选择。因为正确的分配取决于每个人是否具有同等能力去享受获得的财产。它暗示着对财产的同等观念，同等兴趣。

但又有谁能估算出其名下财产的真实价值呢？一无所有，依旧意味着拥有这个一无所有。虚无有如一切，同样不可分割，它们永远只能是一切与虚无之无限中的一个虚无或一个一切，谁都永远不可能对其进行衡量。

这种分享的不可能性是否缘于我们各自不同的差异呢？

两个人分享同一份爱，生活于同一种生活，无疑意味着这二人完全生活在自己的那份爱和生命当中。只有通过对方，我们才能关注自我。这是分享的前提。因此，从根本上讲，分享是一种幻想。他人使我们回归自我，反之亦然。

对个人而言，分享一张床，一餐饭，其意义无非是在一张床或一份膳食上占个位置。但占据的那个位置、那份膳食必然会因我们的身材或胃口的不同而不同。一张床，一餐饭，有如一种生活：从来不会平分。

交换并非分享，因为，交换不同于分享，它意味着共谋。

在交换的过程中，我们或者予多取少，或者予少取多。二者必居其一。

书就是一个完美的例证。

一部书，无论有多少种研究方法，都无法分享。

它只会带我们去回归那部唯一的书：回归通过我们自己的阅读创造的那部书。

读过后，我们什么都没有分享到，要么为自己全部保存，要么不求回报地全部奉献出去。

以势不可当的造物主为榜样。

有位哲人说："若不唤醒火的记忆，我们又如何能在烧焦的书中读到焦糊的一页呢？"

他又说道："一本书留下的痕迹，也许只是燃烧瞬间残存的气味。

"燃烧殆尽并化作一撮灰烬所需的时间不会一成不变。"

他还表示："火焰只记得住火焰。

"因此，与书的契约只能是与火的契约。

"首先赴死的就是名字。"

他最后又说："我们只能使用熟稔的词语，因此我们所写的每本书都是我们已经读过的书。"

他接着又说："写作或许就意味着因痴迷于那部永远不该写的书而绝望地毁灭了自己所有作品的行为。"

哦，思想因火而净化。

永恒是澄澈的。人留意到了么？

一旦抵近天空，就会立刻发现自己置身于一个匿名的不速之客的境地。

死亡是分享的大师。

二

这几页烧焦的纸原本属于一封私人信件。很久以后我才明白，是火把它们还给了我。

这大概是一封始终没有送达收件人——无论男女——的信，因为看上去很奇怪，信封完好如初，封口胶封依旧。

这封信是在什么令人不安的情况下写就的？它如此直白，不，如此执着，近乎厚颜无耻，若非情况紧急，不足以成为解释的理由。

为毁灭而皈依。

我手里始终捏着这个信封。有那么一会儿，我以为我能想起那个始终挂在我嘴边却说不出来的名字——惜哉，没成功；会不会是那个身份不明、有天早上来向我索要她的名字的年轻女子——那原本是她的名字，却被她莫名其妙地忘掉了。

如果这个名字恰好是我曾奢望为自己索要的那个名字，而这个名字又暗中啮噬着我背负着的那个名字，该当如何？

如果这就是有一天那个陌生的邮递员放在我桌子上，而我只辨认出信纸上端的两个字母——L.M.——的那封信，又当如何？

火永远抹不掉谜。

有位哲人说过："我用自己的书喂养火焰，而火焰用我的死亡喂养我。"

"未来建基于某种大肆破坏的选择之上，对此我们摸不着头脑，"这位哲人又说，"因为我们不能延续已经丧失的东西，也无法遮掩仍在延续的事物。"

休战：梦想。

他曾经写道："听着吧。不要以为一切都会永远毁灭。

"火焰难道不会从我们被烧毁的书中虔诚地保留下来一些语句，并边燃烧边逐句背诵出来么？

"竖起耳朵，就能再次清晰地聆听到那些语句。

"哦，怀旧之火的颂歌。"

他问道："我们如何才能用那四个清辅音去分享造物主之名？"

"我们只能拥有分配到的沉默。"

然后他又接着说道：

"此外，如果我们不能分享一切，那么分享之外还有什么是永存的？属于我们自己的事物中，还有什么是可能是永远无法属于我们的？

"如果我们所能分享的只有那个分享的宏愿——对我们而言，那是逃避孤独、逃避空无的唯一办法——该当如何？"

黎明

在写作延展之处，应当为火留出空间。

火凭借其脆弱的四肢向书发起攻击。

啊，下一瞬间就可以将那几个词语从火舌中救出，而机缘却选择结束一段生命。

"打开你的书，丢进火里，这样，火焰读过的每个词语都会成为其熟悉的猎物。"有位哲人不是曾经这样说过么？

……我目送他离去。从他的背影和步态我就能把他认出来。

我真的曾陪伴这个人走南闯北么？为什么这次我要让他独自踏上旅程？

我疲惫不堪，难以言表。放弃上路，放弃漂泊。

我在附近的一块界碑上坐下了。

脚步声似乎离我越来越近，我吓得一下子跳了起来。

已经。已经是又该上路的时候了。

那个人——我的向导、我的同伴、我的鲁莽无情的替身——就站在我的面前。

他递给我一本书，我赶忙打开。可当我打算破译时，文本却消失了。

我们身后，是一场离奇大火废弃的余烬，我灵魂烧红的原木显露出濒死的征象。

啊，书写，为了保持创作之火的活力而书写。让那些被掩埋的词语在宁静的黑夜中再现，它们对自己的复活依旧惊诧不已。但是，哦，致命的疯狂，难道非要把它们交付给那团性急的火焰、交付给那个将向其揭示死亡之贪婪的空无不可么？难道苦难就是它们的命运么？

曙光，书辽远的渴望。

哦，宿命，我们是否知道书写的美妙清晨只是灰烬之荒漠中的海市蜃楼，只是来世的蜃景么？在那儿，大火正在其顶点延烧。

他说："或许，分享之书只是一部词语分享的希望之书，其晨昏——哦，一切关键之光——便是觉醒与死亡。"

从大火的首次冲天烈焰到垂死之火的畸变走形，我们闪光的词语将为深渊划定界限。

译后记

20 世纪的法国文坛巨星云集，大师辈出。其中，集诗人、作家、哲学和宗教思想家于一身，与让-保罗·萨特、阿尔贝·加缪、克洛德·列维-斯特劳斯并称四大法语作家的埃德蒙·雅贝斯绝对是一位绕不过去的人物。

先看看诸位名家如何评价他吧：

勒内·夏尔[①]说，他的作品"在我们这个时代里是绝无仅有的……"；

加布里埃尔·布努尔[②]说，"信仰的渴望、求真的意志，化作这位

---

① 勒内·夏尔（René Char, 1907—1988），法国诗人。年轻时受超现实主义影响，曾与布勒东、艾吕雅合作出版过诗集。第二次世界大战期间参加抵抗运动。法国光复后被授予骑士勋章，并出版多部诗集。1983 年，其全部诗作被伽利玛出版社收入"七星文库"出版。

② 加布里埃尔·布努尔（Gabriel Bounoure, 1886—1969），法国诗人、作家，雅贝斯的好友。

诗人前行的内在动力。他的诗弥散出他特有的智慧、特有的风格……";

雅克·德里达 [①] 说，他的作品中"对书写的激情、对文字的厮守……就是一个族群和书写的同命之根……它将'来自那本书的种族……'的历史嫁接于作为文字意义的那个绝对源头之上，也就是说，他将该种族的历史嫁接进了历史性本身……";

哈罗德·布鲁姆 [②] 将他的《问题之书》和《诗选》列入其《西方正典：伟大作家和不朽作品》(*The Western Canon: The Books and School of the Ages*)；

而安德烈·维尔泰 [③] 则在《与雅贝斯同在》(*Avec Jabès*) 一诗中径自表达了对他的钦敬：

> 荒漠之源在圣书里。
>
> 圣书之源在荒漠中。
>
> 书写，献给沙和赤裸的光。
>
> 话语，萦绕孤寂与虚空。
>
> 遗忘的指间，深邃记忆的回声。
>
> 创造出的手，探索，涂抹。
>
> 当绒蓟死去，声音消融。
>
> 迂回再无踪影。

---

① 雅克·德里达（Jacques Derrida, 1930—2004），法国哲学家、符号学家、文艺理论家和美学家，犹太人，出生于阿尔及利亚，西方解构主义的代表人物。

② 哈罗德·布鲁姆（Harold Bloom, 1930—2019），美国作家、文学评论家。

③ 安德烈·维尔泰（André Velter, 1945—），法国诗人、文学评论家。本诗选自其诗集《孤树》（*L'Arbre-Seul*），法国：伽利玛出版社，1990，第150页。

在你在场的符号里，你质疑。

在你影子的垂落中，你聆听。

在你缺席的门槛上，你目视神凝。

再也没有了难解之谜。

荒漠之源就在你心中。

　　古人云："颂其诗，读其书，不知其人，可乎？是以论其世也，是尚友也。"我们只有了解了雅贝斯的生活思想和他写作的时代背景，准确把握其所处时代的脉搏，识之，友之，体味之，或许方能有所共鸣，一窥其作品之堂奥。

　　埃德蒙·雅贝斯，1912 年 4 月 16 日生于开罗一个讲法语的犹太人家庭，自幼深受法国文化熏陶。年轻时，他目睹自己的姐姐难产而死，受到莫大刺激，从此开始写诗。1929 年起开始发表作品。1935 年与阿莱特·科昂（Arlette Cohen，1914—1992）结婚，婚后首次去巴黎，拜访了久通书信、神交多年的犹太裔诗人马克斯·雅各布①，并与保罗·艾吕雅②结下深

----

①　马克斯·雅各布（Max Jacob，1876—1944），法国诗人、散文家和画家，犹太人，雅贝斯的良师益友，其诗歌兼具立体主义和超现实主义色彩，且有人性和神秘主义倾向，在 20 世纪初法国现代诗歌探索阶段曾发挥重要作用。1944 年死于纳粹集中营。

②　保罗·艾吕雅（Paul Éluard，1895—1952），法国诗人。1911 年开始写诗。1920 年与布勒东、阿拉贡等人加入达达主义团体，1924 年参与发起超现实主义运动。第二次世界大战期间参加反法西斯斗争。一生出版诗集数十种。《法国当代诗人》一书评价说，"在所有超现实主义诗人中，保罗·艾吕雅无疑是成就最高的作家之一"，"他精通如何把'荒谬事物的不断同化'有机地融入他对自由的无比渴望之中"。艾吕雅与雅贝斯私交甚笃，他是最早向世人推介雅贝斯的法国诗人。

厚的友谊。

他与超现实主义诗人群体往来密切,但拒绝加入他们的团体。

第二次世界大战的残酷惨烈令雅贝斯不堪回首。战后的 1945 年,他成为多家法国文学期刊特别是著名的《新法兰西评论》^①的撰稿人。

1957 年是雅贝斯一生中最为重要的转折点:1956 年,苏伊士运河危机^②爆发,埃及政府宣布驱逐犹太居民,四十五岁的雅贝斯被迫放弃了他在开罗的全部财产,举家流亡法国,定居巴黎,直至去世。惨痛的流亡经历令雅贝斯刻骨铭心,对他此后的思想发展和创作轨迹影响至深。

身在异国他乡,雅贝斯将背井离乡的感受化作文学创作的源泉,他的作品充满了对语言的诘问和对文学的思索,并自觉地向犹太传统文化靠拢。雅贝斯后来谈到,正是这次流亡改变了他的人生,迫使他不得不重新面对并审视自己的犹太人身份,并促使他开始重新研读

---

① 《新法兰西评论》(*La Nouvelle Revue française*),法国著名文学刊物,1909 年由诗人、作家安德烈·纪德(André Paul Guillaume Gide,1869—1951)等人创办。

② 苏伊士运河危机(la crise du canal de Suez),又称第二次中东战争、苏伊士运河战争、西奈战役或卡代什行动。1956 年,埃及宣布将苏伊士运河收归国有,英国和法国为夺回苏伊士运河的控制权而与以色列(为打开苏伊士运河使以色列船只得以通航)联合,于 1956 年 10 月 29 日对埃及发动军事行动。在国际社会的普遍指责和美苏两国的巨大压力下,英法两国于 11 月 6 日被迫接受停火决议,以色列也在 11 月 8 日同意撤出西奈半岛。英法两国的军事冒险最终以失败告终,只有以色列在一定程度上达到了自身目的。这次危机也标志着美苏两个超级大国成为主宰中东乃至全世界的力量。

犹太教经典——《摩西五经》①、《塔木德经》②和犹太教神秘教义"喀巴拉"③。雅贝斯说，在流亡中面对自己犹太人身份的经历以及对犹太教经典教义的研究，正是他此后一系列作品的来源。

1967年，雅贝斯选择加入法国国籍。

雅贝斯是一位书写流亡与荒漠、话语与沉默的作家。针对德国哲学家西奥多·阿多诺关于"奥斯威辛之后没有诗歌"的观点④，雅贝斯认为纳粹大屠杀的惨剧（以及苏伊士运河危机中的排犹色彩）不仅有助于探

---

① 《摩西五经》（*Sefer Thora*），又称摩西五书、律法书、摩西律法或托拉，是犹太人对《圣经·旧约》最初的五部经典——《创世记》《出埃及记》《利未记》《民数记》和《申命记》——的称呼，是犹太教经典中最重要的部分，同时也是公元前6世纪以前唯一一部希伯来律法汇编，曾作为犹太大国的国家法律规范，即便在犹太大国亡国后也依旧以习惯法的形式自动调节犹太人的生活。传统上一向认为，这五部经典是摩西接受上帝的启示而撰写的，内容是古代以色列人的民间故事，记载了以色列民族的起源，尤其是创世的上帝对他们的启示，其主要思想包括六个重要的教义：上帝的创世、人的尊严与堕落、上帝的救赎、上帝的拣选、上帝的立约和上帝的立法。

② 《塔木德经》（*le Talmud*），犹太律法、思想和传统的集大成之作。公元1—2世纪，犹太人恢复独立的愿望被罗马帝国粉碎，于是将目光转向传统律法的研究和编纂。以后各个时代的判例和新思想都汇入到了《塔木德经》之中，使分散于世界各地的犹太人得以跨越距离、风俗和语言的差异，通过《塔木德经》而紧密联系在一起。《塔木德经》有两个版本，分别为3世纪中叶在巴勒斯坦编纂的耶路撒冷版和6世纪改订增补后的巴比伦版。

③ 喀巴拉（La Kabbale），希伯来文"הלבק"的音译，意为"接受传授之教义"，表示接受根据传说传承下来的重要知识。13世纪以后，"喀巴拉"一词泛指一切犹太教神秘主义体系及其派别与传统。

④ 西奥多·阿多诺（Theodor Wiesengrund Adorno，1903—1969），德国哲学家、社会学家、音乐理论家，犹太人，法兰克福学派第一代的主要代表人物，社会批判理论的理论奠基者。他在1955年出版的文集《棱镜》（*Prismes*）中有一句名言："奥斯威辛之后，写诗是野蛮的。"

索犹太人的身份及其生存的语境，也是反思文学与诗歌固有生命力的重要场域。阿多诺将大屠杀视为诗歌终结的标志，雅贝斯则认为这正是诗歌的一个重要开端，是一种修正。基于这一体认，他的诗集《我构筑我的家园》（*Je bâtis ma demeure*）于 1959 年出版，收录了他 1943—1957 年间的诗作，由他的好友、诗人和作家加布里埃尔·布努尔作序。雅贝斯在这部诗集的前言中写道："从开篇到第二次世界大战的那些年，犹如一段漫长的回溯之旅。那正是我从最温情的童年到创作《为食人妖的盛筵而歌》那段时期。而与此同时，死亡却在四处疯狂肆虐。一切都在崩塌之际，这些诗不啻拯救的话语。"

此后，雅贝斯呕心沥血十余年，创作出七卷本《问题之书》（*Le Livre des Questions*，1963—1973），并于其后陆续创作了三卷本《相似之书》（*Le Livre des Ressemblances*，1976—1980）、四卷本《界限之书》（*Le Livre des Limites*，1982—1987）和一卷本《腋下夹着一本袖珍书的异乡人》（*Un Étranger avec, sous le Bras, un Livre de petit Format*，1989）——这十五卷作品构成了雅贝斯最负盛名的"问题之书系列"（*Le Cycle du Livre des Questions*）。

除上述作品外，雅贝斯还创作了随笔集《边缘之书》（*Le Livre des Marges*，1975—1984）、《对开端的渴望·对唯一终结的焦虑》（*Désir d'un commencement Angoisse d'une seule fin*，1991）、短诗集《叙事》（*Récit*，1979）、《记忆和手》（*La mémoire et la main*，1974—1980）、《召唤》（*L'appel*，1985—1988）以及遗作《好客之书》（*Le Livre de l'Hospitalité*，1991）等。

1991 年 1 月 2 日，雅贝斯在巴黎逝世，享年七十九岁。

雅贝斯的作品风格独树一帜，十分独特，实难定义和归类。他在谈及自己的创作时曾说，他始终为实现"一本书"的梦想所困扰，就是说，想完成堪称真正的诗的一本书，"因此我梦想这样一部作品：一部不会归入任何范畴、不会属于任何类型的作品，却包罗万象；一部难以定义的作品，却因定义的缺席而大可清晰地自我定义；一部未回应任何名字的作品，却一一担负起了那些名字；一部横无际涯的作品；一部涵盖天空中的大地、大地上的天空的作品；一部重新集结起空间所有游离之字词的作品，没人会怀疑这些字词的孤寂与难堪；一处所有痴迷于造物主——某个疯狂之欲望的尚未餍足之欲望——的场域之外的场域；最后，一部以碎片方式交稿的作品，其每个碎片都会成为另一本书的开端……"。

美国诗人保罗·奥斯特（Paul Auster，1947— ）1992 年在其随笔集《饥饿的艺术》（*L'Art de la faim*）中这样评价他的独特文体：

（那些作品）既非小说，也非诗歌，既非文论，又非戏剧，但又是所有这些形式的混合体；文本自身作为一个整体，无尽地游移于人物和对话之间，在情感充溢的抒情、散文体的评论以及歌谣和格言间穿梭，好似整个文本系由各种碎片拼接而成，却又不时地回归到作者提出的中心问题上来，即如何言说不可言说者。这个问题，既是犹太人的燔祭，也是文学本身。雅贝斯以其傲人的想象力纵身一跃，令二者珠联璧合。

沉默是雅贝斯文本的核心。他在"问题之书系列"中详尽探讨了语言与沉默、书写与流亡、诗歌与学术、词语与死亡之间错综复杂的关系，以期超越沉默和语言内在的局限，对词语与意义的根源进行永无止境的探求，并借此阐发自己的思考和感悟。正如美国诗人罗伯特·邓肯（Robert Duncan，1919—1988）在其随笔《意义的谵语》（*The Delirium of Meaning*）中所说，"《问题之书》似乎是在逾越字面意义的边界，引发对意义中的意义、字词中的字词的怀疑和猜测"。雅贝斯正是凭借在创作中将犹太教经典的文本性与个人的哲学研究相结合的方法，通过持续不断地提出无休无止的问题，并借这些问题再行创作的超卓能力而获得了成功。

雅克·德里达高度评价雅贝斯的"问题之书系列"，他在《论埃德蒙·雅贝斯与书之问题》①一文中写道：

> 在《问题之书》中，那话语音犹未改，意亦未断，但语气更显凝重。一枝遒劲而古拙的根被发掘出来，根上曝露着一道年轮莫辨的伤口（因为雅贝斯告诉我们说，正是那根在言说，是那话语要生长，而诗意的话语恰恰于伤口处萌芽）：我之所指，就是那诞生了书写及其激情的某种犹太教……若无信实勤敏的文字，则历史无存。历史正因有其自身痛苦的折痕，方能在获取密码之际反躬自省。此种反省，也恰恰是历史的开端。唯一以反省为开端的当属

---

① 《论埃德蒙·雅贝斯与书之问题》（*Edmond Jabès et la question du livre*），原载雅克·德里达论文集《书写与差异》（*L'écriture et la différence*），法国：索耶出版社（Éditions du Seuil），1967，第 99—116 页。

历史。

　　雅贝斯这种尝试以片段暗示总体的"跳跃—抽象"创作模式以及他的马赛克式的诗歌技巧，对 20 世纪的诗人和作家产生了极其重大的影响。1987 年，他因其诗歌创作的成就而荣获法国国家诗歌大奖。更为重要的是，他对后现代诗歌以及对莫里斯·布朗肖①、雅克·德里达等哲学家思想的影响，已然勾勒并界定出一幅后现代文学的文化景观，他自己也成为众多专家学者研究的对象。他的作品被译成包括英语、德语、西班牙语、瑞典语、希伯来语和意大利语在内的多种文字出版。特别值得一提的是，他的《问题之书》由罗丝玛丽·瓦尔德洛普②"以大师级的翻译"（卡明斯基③语）译成英文在美国出版时曾引起巨大的轰动，被视为重大的文学事件。

　　由广西师范大学出版社出版的这套《埃德蒙·雅贝斯文集》，系首次面向中文读者译介这位大师。文集收录了"问题之书系列"的全部作品——《问题之书》《相似之书》《界限之书》和《腋下夹着一本袖珍书的异乡人》——以及诗集《我构筑我的家园》和随笔集《边缘之书》，

---

① 莫里斯·布朗肖（Maurice Blanchot，1907—2003），法国作家、哲学家和文学评论家，其著作对后结构主义有重大影响。

② 罗丝玛丽·瓦尔德洛普（Rosmarie Waldrop，1935—），美国诗人、翻译家和出版人，雅贝斯"问题之书系列"的英译者。生于德国，1958 年移居美国。

③ 卡明斯基（Ilya Kaminsky，1977—），美国诗人、大学教授。犹太人，生于苏联（现乌克兰），1993 年移居美国。所引文字系其为《ECCO 世界诗选》（*The ECCO Anthology of International Poetry*）所作的序言《空气中的交谈》。

共六种十九卷，基本涵盖了雅贝斯最重要的作品。

感谢我的好友叶安宁女士，她以其后现代文学批评的专业背景和精深的英文造诣，依据罗丝玛丽·瓦尔德洛普的英译本，对我的每部译稿进行了专业、细致的校订，避免了拙译的诸多舛误，使之能以其应有的面貌与读者见面。

感谢我的北大老同学萧晓明先生，他在国外不辞辛苦地为我查阅和购置雅贝斯作品及各种文献资料，为我的翻译和研究提供了巨大的帮助。

感谢中国社会科学院宗教研究所研究员黄陵渝女士，她对我在翻译过程中提出的犹太教方面的各种问题总能详尽地答疑解惑，使我受益匪浅。感谢我的北大校友、中国社会科学院宗教研究所研究员刘国鹏先生，是他介绍我与黄陵渝研究员结识。

感谢我的兄长刘柏祺先生，作为拙译的首位读者，他以其邃密的国文功底，向我提出了不少极有价值的修改建议，并一如既往地承担了全部译作的校对工作。

感谢法国驻华使馆原文化专员安黛宁女士（Mme. Delphine Halgand）和她的同事张艳女士、张琦女士和周梦琪女士（Mlle. Clémentine Blanchère）。她们在我翻译《埃德蒙·雅贝斯文集》的过程中曾给予我诸多支持。

感谢广西师范大学出版社多马先生，他为《埃德蒙·雅贝斯文集》的选题和出版付出了极大心血。

对译者而言，首次以中文译介埃德蒙·雅贝斯及其作品，是一个全新的挑战。因个人水平有限，译文中难免存在这样那样的谬误，还望方家不吝赐教。

译者

己亥年重阳于京北日新斋